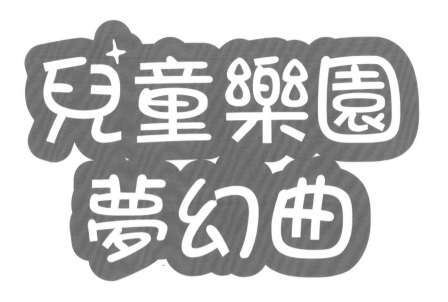

兒童樂園夢幻曲

練星

撰文 / 設計 / 繪圖

要將生活化為幻想，再把幻想變成現實。

Make life a fantasy, and then a fantasy into the present.

——居里夫人

本作品

謹獻給

退而不休　返老還童的　長者
如晨曦朝陽般絢麗的　孩子們

目錄

故事篇

故事描述兩位年過七旬的老太太共同創立一所兒童樂園，把她們的愛心和溫情送給孩子們，讓孩子們在笑聲中度過童年，在娛樂中得到知識；兩位老太太也在不知不覺的時候，將自己「夕照化為晨曦」。

書中兼容並蓄；圖文並茂，裡面有現實中的幻想，也有幻想即將成為現實的可能。

故事是講給大朋友聽的，圖畫是畫給小朋友看的，希望小朋友能夠明白故事的內容，而大朋友也中意書中的圖畫，皆大歡喜。

童心未泯長者
創辦兒童樂園

所有故事都是從人物展開的。

何秀雲，守寡多年的隱形富婆，靠收租為生，和一個菲律賓女傭住在一棟獨立屋裡，是個典型的銀髮貴族。

子女已經移民海外，她曾經試過移民，跟兒孫一起生活，但是，陌生的環境和香港截然不同，心裡總不是味兒，就以水土不服為由，悄然地回來了。

她小時候很柔弱羞怯，課餘時間看了些安徒生的童話，常為「賣火柴的小女孩」的死亡而暗自流淚；她閱讀了許多冰心的散文和詩歌，那幾句詩，她至今仍然牢記著：「別踩了這朵花，你的腳邊，一朵小小的黃花。我們繞著它走，別踩了這朵花！」誘發那顆幼小的心靈越發趨向善良。

她還未高中畢業就輟學了，沒上大學拿不到高級文憑，也沒有一門可以自立謀生的手藝。有點糊裡糊塗的嫁給一位商人，幸好那位呂先生經商有術，給她留下一筆可觀的遺產，家裡人都說她命好。

親戚朋友有時會來看她，但人家有的忙著工作，有的忙著日常，怎會有那麼多空閒時間來陪她消磨那麼多的空閒時間。

平日，她幾乎無所事事，和菲傭談不了幾句，因為她的英文水準實在有限。攻打四方城不是她的愛好，或去美容中心跟美容師瞎扯，或逛逛商場狂購不必要的物品；真的要是悶得發慌，就到海邊聽聽濤聲，或到馬騮山探訪一下猴子……

在優哉悠哉、百般無聊的生活中，雖然無憂，但亦有慮，總有一股說不清的糾結甚至非常遺憾的感覺，一些若隱若現的思緒，常在腦海翻動，不惑之年已過很久了，為什麼依然十分困惑，她想，作為人，難道像鴻毛一樣毫無意義的飄落地上？然而，她問自己，我究竟可以做些什麼？為什麼要去做？為誰去做？怎樣做？心中的愛，是付給什麼樣的人和物？如何實現內心所愛？雖然她深愛她的子女和幾個孫兒，但遠隔重洋，愛也不能伸手可及，所以，必須決定做一件正經的事，才可以解決問題的癥結。

自從看了美國人倫兆勳（Steven Lund）到東非馬拉威救助饑餓兒童事跡的視頻，深受感動，那些骨瘦如柴卻有個大肚子的黑小孩，多麼的無助和可憐啊！她設想，如果自己的孫子孫女也像那些受饑餓、疾病、失學折磨的兒童一樣，難受嗎？悲苦嗎？她想著想著就會流淚。如今，自己有幾個錢，不多也不少，總可以讓自己再多活一輩子，錢啊錢，多少人給它折騰，為它喪命，但是，錢卻可以解決很多問題，試試看我的錢怎樣去運用吧。

她知道，愛是永恆的，也懂得「施比受更有福」的意義，如果有一種事業能夠把自己的愛念擴散出去，為所有的孩子們施加愛意，像盛夏向植物澆水，他（她）們一定開心，那麼，自己也會開心，人一開心，必然長壽，但究竟為孩子們做些什麼事，心中沒底，不知道該怎辦；她更驚覺，自己年紀很老了，正是「時日無多，焉能再拖」。越來越多的緊迫感，令她非常不安，她驀然想起中國的一句老話，樹在枯死之前，會結出更多的果實，自己應該行動了。

為了身體健康，她喜歡行山，每隔三幾天，就和山友們聯群結隊到山路上走走，郊野公園的路徑，都有她的足跡。

行山時候結識了一位叫做陳秀婷的山友，她們倆逐漸結為好友，直到知己，兩人感情水乳交融，意向密密交流，思路志同道合，令她們深諳生命的價值和做事的方向，因而改變了兩人的命運。

陳秀婷也是銀髮貴族，三個子女已經自立，另有他們的天地。

在好幾個孫兒之中，她特別疼愛長子的一對活寶貝周皓秋和周麗秋，過年「利是」，這兩個乖孫紅包裡的是一張有時候是兩三張「金牛」（港幣一千元），其他孫們都是兩條「紅杉魚」（港幣二百元）。她也知道這是偏心，經常在想，我可以為兩個寶貝做些什麼，讓他們快活如仙子？她正在尋找答案。

她在倫敦某大學取得建築碩士學位，是一位取得執業資格的建築師，退休好幾年了。專業技術給她帶來很大財富，與丈夫過著美滿的日子，山珍海味嘗過，周遊列國試過，可惜的是，如今的生活平淡無聊，跟何秀雲一樣，如滿池死水，沒有片片漣漪。

回想過往，天天對著圖紙，畫的都是幾十層高的鴿子籠，平庸乏味，刻板枯燥，變來變去變不出什麼花樣，更要命的是，常常要聽命於地產商不合理的指令，商業考量勝過藝術思維，這是「為生活而工作」的典型，無奈加遺憾；心中那股滾滾翻騰的創意，汩汩流動的想像，無從發揮甚至窒息，願景若海市蜃樓，她與心中的偶像如高迪、貝聿銘、科士打等偉大建築師的距離越拉越遠，而活著的日子卻越來越短，內心的抑鬱，令更多的皺紋爬上額角眉梢，白髮逐漸增多到不是三幾根而是一叢叢了，她驚悚和痛苦，丈夫也察覺到她的心緒，但無能為力。

　　兩位老婦人一輩子的閱歷，有成功的喜悅，也有失敗的苦惱，有位文學作者給她們倆的評價和鼓勵，曰：「昔日浮沉如煙雨，且將夕照化晨曦。」的確，她們該行動，將無限好的夕陽，化作金光燦爛的晨曦。

　　兩人行山後會一起飲茶，天南地北，東拉西扯，發覺彼此之間有很多共同之處，其中最大的共通點，是對幼小生命的熱愛，比如，陳秀婷說，她在網上看到某段視頻，雁媽媽帶著約莫十幾隻小雁，塔拉塔拉地走著，像在操練一隊兵哥。大雁走一步，小雁要走三步，牠們跌跌撞撞地穿過草地、籬笆、車側、灌木叢，更旁若無人地過馬路，這吸人眼球、掏人心窩的場面，行人為之駐足，汽車為之讓路，此情此景，即使嗜血的獵人也會放下獵槍；何秀雲也說，是的是的，連低級的動物也表現對幼子的愛護，南美洲有種青蛙，背著牠的蝌蚪，爬上樹冠鳳梨葉片的水槽裡，讓牠的後代不受侵害；造物者真會安排，最低微的植物莫如蒲公英了吧，植物母親送給後代一把小小的降落傘，讓她的種子隨風飄散，到更遠的地方繁衍，免得它們之間互相爭奪資源。

　　陳秀婷說：「我看你跟我一樣，喜歡看生物的視頻，哎，我曾經親眼看見有隻麻雀媽媽，輕輕地將一粒麵包屑放進小麻雀的嘴裡，真像人類媽媽餵食小孩一樣的溫馨和柔情，令人難忘。」何秀雲也說，當她看到懷抱裡的嬰兒，脹鼓鼓的臉龐，圓溜溜的眼睛，真想走去搶過來，重重地親一口，咬一下，「肉緊」死我了。（肉緊是香港的俗語，是一種難以用文字來形容的心理和行為狀態。）

　　孟子說過，「老吾老以及人之老，幼吾幼以及人之幼。」她們認為，這是絕對真理，自己已經是老人，受到後輩的尊重和保護，是理所當然的，而下一句，是要顧及所有的幼體，天下萬物，舐犢情深，母性最偉大，如果有什麼事情或有什麼工作能將母性表現無遺，而自己能夠參與其中的話，願足矣。

　　有朋友向她們建議，不如開家托兒所或幼稚園，天天看著那些大BB，夠你們歡樂開心、夠你們心想事成的啦。

　　她們也經常說起孫子孫女的趣事，陳秀婷說她六歲的孫女周麗秋的「巴閉」（厲害的意思），這孫女很講究，什麼顏色的衣服就要戴上什麼顏色的手錶，揚起手中顏色手錶，居然昂首翹目地向她示威：「這叫做 Match，中文叫做配襯，你懂不懂？」嘿，我的天，這丫頭！她畫的時裝模特兒，不會比義大利的「華倫天奴」差勁兒。何秀雲也不甘示弱，說：「我孫子對人體的任何部位都明瞭，比如他說，人的器官和豬的器官非常相似，只不過人的腦比豬的腦大許多，裡面的神經元也多很多，所以用『人頭豬腦』來罵人家蠢是對的，哈哈，你知道嗎，他跟你的孫女一樣，也是六歲呀，將來肯定會成為一個出色的醫生，他的手指細而長，很靈活，這是外科醫生具備的重要條件。」

　　她們偶然會說起那兩個魔鬼，父親將親生女兒小臨臨活活虐待而死，情況慘不忍睹，真是人神共憤，兩人放聲大罵：「判終身監禁，太便宜了！這樣的魔鬼，該入地獄、上刀山、下油鍋！」她們恨不得去監獄找這對狗男女，給牠們幾下響亮的耳光。

　　兩位老太太很多時候到彼此家作客，又發現了大家都有共同的嗜好，喜歡動物，不管是野生的或者是飼養的。

　　何秀雲的獨立屋坐落在元朗的郊野，周邊環境不太好，但裡面裝飾卻非常講究，牆上的掛畫、桌子上的飾品，多數以動植物為題材。

　　陳秀婷有時候會帶著兩個孫兒來何家玩，何秀雲說，根據老一輩的人講述，他們出生時候還沒開眼，五六歲還沒戒奶呢，現在的兒童跟隨著世界而現代化，可進化得多了；當她問到周皓秋和周麗秋喜歡什麼的時候，答案不外乎手機遊戲、動物園和兒童遊樂場等等幾類玩意兒。周麗秋說：「迪士尼樂園和海洋公園，去過N次啦，還想再去！」何秀雲說：「要是我和你們奶奶共同開一家動物園或兒童遊樂園，好不好？」周皓秋翻翻白眼，藐視地說：「嘿嘿，有可能嗎？你們有這本事嗎？」陳秀婷不高興地說：「別胡說八道，禮貌點。」何秀雲則笑著說：「我們打個賭，要是我們開了，你輸什麼給我？」周麗秋說：「打他三百下屁股。」

　　何秀雲家裡養著叫做「旺財」的拉布拉多導盲犬和叫「妹頭」的土貓，她用讚美的語調說她的寶貝：「這兩隻傢伙自小到大同吃同睡同玩耍，互相禮讓，從不爭吵，誰說貓和狗是死對頭？這種說法要否定了，

我還要告訴你們，我那隻妹頭，做過一次母親，牠對自己孩子，愛護得令人鼻酸，除了餵奶，日夜不停為孩子舔身體，還把小貓糞便吃進肚子以保持貓窩清潔，人類的媽媽也一樣，從來不覺得自己孩子糞便是臭的。」兩個小孩覺得十分好笑，一起說：「哈，哪有這麼愚蠢的父母的。」何秀雲說：「別笑嘛，你們還沒到做父母的時候，到時，你們會為今天的訕笑而感到後悔，有句古話說，『養子方知父母恩』。」

談到貓狗，何秀雲說：「有人說我是個貓癡狗癡，太抬舉我啦，給你們講個故事，一位住在港島山頂的富婆韋太太，住的房子連戶外花園超過兩萬呎，你要是到她家廚房後面的冷巷看看，會把你嚇一跳，冷巷和一幅山壁，全是貓、貓、貓，沒一百也有八十，簡直是貓兵團！更令人感動的是，每逢有人要貓崽，韋太太必然滿口答應，還有嫁妝：一張貓床、一袋子貓糧和一封利是，並且用上海話千叮萬囑：『儂唔嚯嚯迭伊喔，唔是弗想養，呢五咧嚯了。』（翻譯成白話：『你要好好對牠喲，要是不想養，拿回來好了。』）我算什麼，比起韋太太，真個是小巫見大巫呢。」

陳秀婷也有一隻史納莎，雖是母的，卻長了一臉鬍子，像個小老頭，滑稽得很。她邊笑邊說：「我的Lucky，我準備給牠配種，每隻雌性寵物都應該給牠們做一次母親，讓牠們享受天倫之樂和得到應有的權利。」

何秀雲拿出一張發黃的舊照片給他們看，一個小女孩蹲在地上，有十幾隻小雞圍著她轉，啄食她撒下的米粒，旁邊的母雞鬆起全身羽毛，「咯咯咯」地發出警告，時刻提防小雞受到侵害，這是幾十年前在新界林村拍的，那個小女孩就是她。何老太說：「將來如果有個地方養雞，看到母雞從孵蛋開始到小雞破殼而出，再帶著小雞們快活地四處走動，母雞用爪子刨地，小雞們爭著吃蟲子，這種場面，多麼的暖人心窩啊。」

老太太們彼此意見相同，陳秀婷更誇張：「對待寵物，你吃一塊錢的東西，牠們應該吃兩塊，孩子呢，更應該吃三塊，這就是我們的愛心。」周皓秋聽了，高興得不得了，說：「妹妹，記住嫲嫲的話，以後她吃十塊錢的東西，我們要吃三十塊喲，哈哈，我們發了。」

兩位曾經是媽媽的女人，有著共同的語言，喋喋不休地說著，那是回憶和感歎，是自豪和期盼。她們倆在知識層面上距離很大，可是興趣和人生觀十分接近，有著百分百的共同語言，人老了，更應該積極去做善事，你看柯德莉・夏萍、珍芳達等名人，都是慈善家。人生難遇好友，跟志同道合的人在一起正是「酒逢知己千杯少」，如果能攜手合作，齊

眉並進，何嘗不是一件大樂事。

陳秀婷和何秀雲經過無數次溝通，越談越好、越說越妙，現實和幻想交織，願望與理念共馳，她們心靈逐步融合，思路漸漸清晰。陳秀婷說：「以兒童為中心的樂園多的是，其中當然以迪士尼樂園為首，阿聯酋的阿布扎比有個以車為主題的【法拉利主題公園】，我們也可以有一個叫做什麼以兒童為目標的【兒童樂園】的呀，中國人多，市場大，這門生意肯定做得下來，你說是嘛？」何秀雲非常同意這個說法：「對，有人氣才有財氣，李嘉誠說的。」陳秀婷也同時想到，我的才華用得上了，天高海闊，創意騁馳，任我天馬行空，建築前輩不敢做不能做的設計，我都可以做！這時候，她也有一點私心，自己兩個寶貝Popeye和Kitty，將得以免費到樂園遊玩而不限次數哦。

她們倆無所不談，談到設計方案、投資規模、管理模式、前途測預、盈虧狀況等等，有時東鱗西爪地談呀談的，忘記了時間，當她們肚子餓的時候，早已過了晚餐時分。

她們時不時會說起童年往事，兩人都在上世紀四十年代出生，何秀雲比陳秀婷大四歲，兩人遭遇也差不多，經歷那段窮困的歲月，不勝唏噓。那時候女孩子的遊戲，要嘛抓小石子，要嘛拍公仔紙，有時候跳橡筋舞，有時候玩捉迷藏；玩具寥寥可數，一隻洋娃娃、一套煮飯仔的廚具，玩足了十年；家裡那台七個真空膽的收音機，是她們娛樂的來源；父母能夠給她們的享受，是帶著幾個孩子到【荔園】玩大半天，對比現在的小孩，恍若雲泥。童年的失落，應該想法子去補償，這心思讓兩位老太太下定決心，搞一個「傻蛋」計劃，什麼是「傻蛋」計劃？噢，yeah，yeah，yeah，開一家「╳╳兒童樂園」！

投資本錢呢？何秀雲如果賣掉元朗一間鋪位，時值一億七千萬；陳秀婷賣去吐區中一所豪宅，會有兩千多到三千萬現款，加點現金，兩個億出頭，兩人經過深思熟慮，毅然說：「把這筆錢投進去！」

她們知道，這不是開一家飯館那麼簡單，光憑兩個古老的腦筋和這一點點錢絕對是不夠的，可是，自己不先做第一個吃螃蟹的人，誰敢先吃？不，應該說是「我不入地獄，誰入地獄？」如果搞得好，或許會拿到比銀行利息多一點的利潤，不可能出現大發特發財源滾滾的情況，如果萬一，萬一搞砸了，嘿嘿，說句難聽的話：「蝕到渣都冇，連阿媽都唔認得哦。」

這是一場豪賭，但不下定決心，如何補償童年的失落，怎樣重現當年的夢想？怎樣將心中的愛去施予，再說，沒人牽頭，哪會一雷天下響？哪會引來大財團垂青？

可能是天意吧，兩位年過七旬的老婦人，此時卻有著年輕人的勇氣、幹勁、膽量和冒險精神。

兩人絕非葉公好龍，空談是沒用的，害怕是多餘的，應該當機立斷，兩位老太太互相看了對方一眼，下注！擊掌為憑，啪！

樂園的定位尤為重要，陳秀婷說：「非常重要的一點是，我們樂園一切以兒童為中心，小孩是主角，大人是配角，就是說，小孩是來玩的，大人是來陪的，是來付錢的，沒有一樣東西合大人玩，他們只是看著小孩玩。」何秀雲說：「你說的對，他們看著孩子玩得開心，自己也會開心。」陳秀婷說：「另外，中國目前雖然有所謂十大兒童樂園，除了迪士尼有米奇老鼠主角之外，好像沒有一個樂園有中心人物，那麼，我們圍繞這個問題，來定一個調。」何秀雲問：「定什麼調？」陳秀婷滿懷興奮，一拍桌子，弄翻了茶杯，「機械人，機械人！」何秀雲拿檯布揩淨桌面的茶，說：「你很興奮，我理解。」陳秀婷說：「她叫『婷婷』，是我們樂園的主樑，有這樣的機械人，幾乎頂住樂園的半邊天，她就是我們的米奇老鼠，我們要把婷婷擬人化，想盡辦法將她捧紅，讓所有兒童都記得這世界上有個叫做婷婷姐姐的『人』，這位機械人會開生日party，甚至有自己的 IG 帳號，她跟兒童們一起長大，到了一定年齡，就說她出閣了，嫁人了，哈哈，你說好不好玩？」何老太太說：「好玩好玩，不過，到時樂園不是沒有『人』了嗎？」陳秀婷說：「到時我們再培養和捧紅一個少女或少男，注意，這兩個人，是機械人哦，如此一來，我們樂園的主角將永續不衰。」何秀雲說：「看你說得婷婷好像是親孫女一樣，真是。」陳秀婷說，「是的，是親生孫女哦，哈哈。」何秀雲說：「你們都叫『婷』，怪有緣的，不錯不錯，如果將來也有一個機械人哥哥，就要叫做霖霖哥哥好了，因為我孫子的名字叫呂浩霖，你覺得公平嗎？」陳秀婷：「非常公平合理，這是王子和公主的配對。」何秀雲問：「這對金童玉女長相好看嗎？」陳秀婷說：「我們把全宇宙的優點集中在他們身上，各花入各眼的人，就是說，不同審美觀點的人，都會一致認為他們好看，好看，絕對好看！」

這時候觸發了她們的童心，腦海裡翻滾著童年時代被童話故事引動的夢幻，何秀雲像小孩般的喃喃自語：「霖霖哥哥和婷婷姐姐，王子和公主，佳偶天成，我們給他們辦個世紀大婚禮，四匹馬拖著金馬車，遊行在大馬路上，萬眾夾道歡騰，婚後他們住進皇宮一樣的房子，幸福地生活著。」陳秀婷說：「讓他們變成真正的『人』，哈哈，到時這段新聞，全世界電視收視率可能破健力士紀錄。」何秀雲說：「各大報館的狗仔隊會日夜跟蹤他們，讓他們非常煩惱。」

兩人你一句我一句地說。「他們結婚，誰是主婚人？」「你和我都可以。」「嗯，你說，他們是不是很恩愛？」「當然，他們倆好得不得了，本地人說的，糖黐豆。」「他們會生小孩嗎？」「怎麼不會？可能生他二三十個也說不定。偷偷的告訴你，機械人不用人類那一招，受孕生息，它們會複製後代的。」「這有可能嗎？」「有可能，不過理論和技術太過高深複雜，我連一點兒皮毛都不沾邊，所以無法向你解釋。」「王子有七年之癢嗎？」「他們婚姻天長地久、海枯石爛，何來七年之癢。」「男女之間的事，連包公都難判斷。」「他們跟人類不同，少了一條自私的神經線。」「我擔心他們會吵架甚至鬧離婚。」「絕對不會，你過慮了，唉，退一步說，即使離婚，試問，有哪個律師會給機械人辦離婚手續呀？」「哈哈哈，好玩好玩！」兩人笑得按住肚子，還嗆了好幾次。

如果說人類有「返老還童」的生態，這種情景就是了。

哈哈大笑之後，陳秀婷憑著她現有的科學知識和專業，先說服自己，再感動對方，說：「談正題吧，我們與其他的樂園最大不同之處是，我們以現有的高科技為手段，達致奇幻童話的目的，即是說，以 AI 的方法來操控所有事情，各個功能區包括客房全面 AI 智能化，開門關門，窗簾開合，燈光、空調、電視等等，都是聲控，兒童們聽過『芝麻開門』的故事，要是他們自己說『芝麻開門』，門就會打開，叫空調的冷氣小一點，溫度就會高一些，是不是覺得很爽？心裡是不是充滿自豪感？機動遊戲也一樣，當小孩騎上會走動會吼叫的恐龍時候，命令恐龍快就快，慢就慢，那種感受比坐過山車更為好玩，你說是嗎？」何秀雲說：「是的，孩子們將會玩得不亦樂乎，我多麼希望有一天看到他們的笑臉。」陳秀婷說：「我們將教育寓於娛樂，我們的樂園是一盤水，孩子們是一塊海綿，來到這裡儘量吸收科學知識，你說是不是很有意義？」何秀雲說：「對，非常同意你的見解。」陳秀婷說：「還有，世界上已經有了『智慧城市』，我們何妨也來一個『智慧樂園』，樂園的電腦房有個大數據庫，像有個大腦在指揮人的動作，既靈活又協調。深入一點說，我們搞一個現代童話的科幻之城，也是我們香港人的品牌！」何秀雲說：「是的是的，就這麼辦。」

樂園的選址十分重要，在哪裡建好呢？兩位老太太前前後後商量又商量，有些地方雖然好，但路程遠，怕鞭長莫及，香港嘛，建造費會很高，裝修佬動不動千多塊一天，幾百萬人口，兒童數量也有限……思來想去，最佳的地點莫過於東莞了，該地處於大灣區中心，香港人和內地人來此地很方便，據網上資料，廣東省4至14周歲兒童約有1950餘萬，加上鄰近省份，數量可觀，不愁沒有遊客；而且，這種大型兒童遊樂場，有利於栽培幼苗，兒童樂園與大灣區計劃多元化，配合得正好。

陳秀婷說：「我已經想好，創作一批與眾不同的旅舍，可能有人會批評，說這些房子古靈精怪，不要緊，這是專門用來招待所有小遊客的客房，只要孩子們喜歡就行了，重要的是，這些房子將會激發孩子們的想象力，到時，我們要開創一條香港的和內地的旅遊路線，用專車從香港、深圳或廣州接他們過來，在旅舍住兩日一夜，這種旅遊，叫做『奇葩旅舍親子團』。親子團的收費與旅舍等級掛鈎，基本團費加上不同等級的客房價格，以適應不同層次消費者的需求。」何秀雲說：「對，香港市民的消費力比較強，花上兩三千沒問題，而國內定價便宜一點也無所謂。」陳秀婷補充說：「這種旅舍地球上目前還沒有，我們大膽嘗試，創世界的先河，秀雲姐，剛才說的，我們在創立一個兒童的科幻城，我們正在走向世界的尖端哦。」何秀雲說：「你是傑出則師（建築師的俗稱），使出你非凡功力，定能馬到功成。」陳秀婷說：「過獎了，我盡力而為。」

陳秀婷認為，園區面積不用太大，80、90畝土地足夠了（約五六公頃），就是說，樂園面積有6、7萬平方米，約合70萬平方英尺，（一平方米等於10.76平方英尺）。她說：「場館儘量壓縮，各環要緊扣，安排好小遊客步伐的節奏，做到每個方面都要完美、精緻、巧妙和準確，達到小而精，細而美的境界。」何老太太說：「就像我們香港人，每寸地方都用到盡。」

次天，陳秀婷帶來一位名叫柯梵音的老頭子，此人圓頭圓腦和顏悅色的長相，一派 Baby face，年紀是大了點，卻精神抖擻，精力充沛，跟兩位大姐見面，有點相逢恨晚的感覺。

何秀雲私下問陳秀婷：「你是怎認識他的？」陳秀婷說：「我也忘了在哪裡認識他的哦，好像……好像是在我的建築師事務所新年團拜時認識的。他是公務員，不太方便和他深交，但這個人風趣、直率、坦誠，有時候像小孩一樣的調皮，我直覺地感到，童心未泯的人，基本上都是

可靠的。」何秀雲認真地看了老柯幾眼，覺得也是。

讓我們說說柯梵音，退休的 QS（Quantity surveyor），即所謂的估算師，做的是成本計劃、工程預算編制、合約制訂與管理等等工作，吃了幾十年政府飯，他手上那本英國建築工程規章 BS Specification，被翻來翻去不知多少遍，搞得像一本殘舊的字典，天天對著枯燥的數字，膩死了。他性情如老頑童，綽號「趣公公」，他自取英文名叫 Coral fish，說自己是珊瑚魚，是專門做小丑表演給魚兒看的，這當然是為了逗孩子們開心。按他說法，孩子像一群黃毛鴨子，看著他們像一錠錠金元寶浮游水面盡情戲水，自然而然地從心裡發出如孩子般的天真純淨笑聲。他算準時間，每逢幼稚園放學，他就站在學校門口，看著一隻隻小黃鴨子和老師說拜拜，這是他自娛節目的一部分。

當他知道樂園的計劃，高興得嘴巴成了「四萬」，對著兩位老太太說：「錢嘛，我微不足道，只能認購少量股份，但氣力還是有的，有錢出錢，有力出力嘛，嗯？」陳秀婷說：「你能做什麼？」柯梵音說道：「見縫插針，有啥幹啥，絕對聽從你們的 instruction，不過，千萬別派我去掃廁所哦，哈哈。」陳秀婷笑著問：「要請您這位大老爺，How much salary（薪水多少）？」老柯一派大氣度地說：「本大老爺姓『無』名叫『所謂』，按照你們定的標準，多少都可以。」何秀雲一拍手板：「那好，一言為定。」

柯梵音鄭重地建議，她們必須找兩三位熟悉內地法律的律師和會計師，以「私募股權公司」名義來進行操作，保障日後集資問題，免得掉進非法集資的陷阱。

最後，談到投資資金的問題，老柯給她們算算賬，兩天後將向老太太交出一份財務報告。報告內容細列了建築、裝修、機電、動植物購置、機械人造價，老柯說完成全部工程，非得二三十個億以上不可。

老柯這次估算，是故意提高成本，日後就不會有追加費用的後果。跟他以前給政府估算恰好相反，降低工程預算成本價格，讓專案容易在立法會通過，一旦木已成舟，大筆追加費就來了，承建商封死虧本之門，撈得盤滿缽滿。

何老太咬一咬牙，還等什麼，上馬！立刻叫地產代理放盤，賣去元朗的鋪位，當初要價1.8億，講價後降為1.78億；陳秀婷也決定賣去一間用來收租的豪宅，得款3600萬，湊合大約兩個億多一點。

兩個股東無分大小，何秀雲依賴對方的專業技術，沒有這方面的專才，有錢也沒用；陳秀婷也知道，單靠自己那點資金是沒有作為的。而最為重要的是，她們彼此絕對信任，兩個人幾乎同一個荷包。但如俗語說：「人情歸人情，數目要分明。」私有股份制恰好完美地做到這點，股份多少決定盈虧的分紅和承擔風險，陳秀婷的專業收費將按照正常的情況取得，打破了人們說的「朋友之間最好不要有生意往來」的說法。

老柯開玩笑地說：「這筆棺材本，只可作為起動費。」言下之意，你們可不要孤注一擲，日後的錢確實要有把握才可以下注喲。

陳秀婷頗為緊張，擔心集資情形不如理想，到時錢不夠怎辦？何秀雲微笑地說：「老柯，別擔心，路是人走出來的，古語說，『吉人自有天相』。」陳秀婷知道秀雲姐是個務實主義者，聽了這話，大為放心了。其實，何老太太仍然留有一手沒告訴陳秀婷和老柯，旺角區她還有兩間鋪位，這是第二注本錢，做生意必須如此操作。何老太太也聽取了她外甥女陳靈慧的意見，先把【兒童商店】和【兒童餐廳】等小規模地搞起來，賺了錢再投資，以滾雪球的方式來發展事業，如果萬一勢頭不對勁兒，虧了也不傷筋骨，和賭馬的人說法一樣，「贏就谷，輸就縮」。（贏就加碼，輸就退縮之意。）

兩位老太太心中依然有糾結。

明天，何秀雲就要到律師行收大定（10% 定金），當天晚上，她在亡夫遺像前燒了柱香：「老頭呀老頭，我把你的一間鋪位賣了，拿去做我人生中的一件好事，什麼好事我賣個關子，待事成之後再告訴你，現在我只希望你在上天祝福我……」深夜，她仍不百分百安心，打了個IDD給遠在海外的兒子：「我明天去收定洋，你還有沒有意見？珍妮花怎樣？她仍然囉囉嗦嗦嗎？」珍妮花是她的兒媳婦，開頭十分反對，滿腹牢騷地說，都七老八十啦，還搞三搞四的，兒媳婦當然知道，老太婆死後，鋪位自然留給他們一家。兒子卻在電話裡真誠地說：「老媽，您決定的事，就挺著幹吧，我們不但不反對，有啥事要我們幫忙的，您儘管說，祝願您成功。」老太太說：「那好，我們的樂園實行私有股份制，目前成立一家私募股權公司，將來可能會上市，每股 3.6 元，一手 1000 股，將發行三億股，集資約莫十個億，你能力所及，認購多少？」兒子說：「我得同珍妮花商量一下，明天晚上給您答復。」何秀雲說：「你媽手上擁有樂園的『同股不同權』的股份，有絕對的話事權，那些股份，將來也是你們的，你要好好的向珍妮花解說解說，消除她心中的顧慮吧。」

同天夜晚，陳秀婷也向老公說：「老公老公，房子要賣掉了，你心疼嗎？」老公說：「只要你認為是對的，悉隨尊便吧，我們以後少去外面旅行好了，反正除了南極北極，什麼大洲我們都去過了，而且，別忘記智者的雋語，旅行人士必須具備三大要素：金錢、時間和體力，我們現在的體力，你以為呢？」陳秀婷說：「是的，現在我們三缺一。」周老先生難得對妻子的體諒，他說：「你重返江湖需要錢，我們聯名戶口的錢，你可以隨便支配，清茶淡飯的日子也是不錯的。」陳秀婷說：「得到你的理解我就十分放心了，OK，以後錢要看著用，我會少買些不必要的東西。」她立刻付之行動，吩咐菲傭，以後每天買菜錢減少五十元。

籌辦工作密鑼緊鼓在進行，陳秀婷工作自然忙得要命，不像從前在則樓（建築師事務所），她出了主意草圖之後，就有繪圖員給予描正，而現在，除了曬圖影印買文具叫菲傭去做，什麼事都是親力親為，One foot kick（一腳踢），通常要做到通宵達旦，眼睛滿佈紅筋。

當初陳秀婷覺得總平面圖平凡而粗疏，經過多次修改，也未能拿得出來見人，有時候她自己罵自己，蠢蛋，為什麼想不出好主意？靈感死到哪兒去了？要不要吃點補腦藥什麼的？

陳秀婷絞盡腦汁，也儘量查閱網上資料，又發動各方人士提供意見，終於大大小小的訊息和建議紛至遝來，將眾人意見統籌揉合篩選接納，她的腦門好像開了竅，一時之間頓覺思緒飛揚，各個方面正是珠聯璧合，水到渠成，不消兩個月，順利地完成整個設計方案，一批令人驚歡的設計藍圖出現在眾人眼前。

平時，朋友們只用何老太陳老太或老奶奶來稱呼她倆，很少人知道她們的名字，由於兩人的名字裡均有一個「秀」字，巧合天成，這兩個秀字合起來，優秀加雋秀，很好很好，兩人一致同意，「秀秀兒童樂園」的名稱就此而來。外面人還以為，「秀秀」即是「show show」，因為內地叫「show」為「秀」，什麼「時裝秀」（Fashion show）、「傢俱秀」（Furniture show）等等，所以這個兒童樂園就叫做「how Show Kidland」是也。兩位老太太聽了這種誤解，掩著嘴偷笑。

幾經困難磨合
樂園終於開業

樂園建設之前，首先要在成立籌建處。

一個機構，人才是第一財富，首要任務是招攬人才。袁靜樺，現職香港某幼稚園主任，有時也兼任代課老師，當某位老師請假的時候。

她凡事均從兒童生理及心理出發，說：「每個行業都有自己獨到的行規和信條，比如，醫生把救治病人看成是職業的最高目標，廚師最高標準是把菜肴做得美味，討得食客的歡心和喜愛，那麼幼稚園教師，能不把愛護和教好小孩當成我們職能的最高要求嗎？」

她崇敬荷蘭藝術家霍夫曼，說這位大師創造的黃色的小鴨子，牽動千萬兒童和大人的心，為什麼呢，是地球尋求生命延續的天性表現，把幼小生命創造成可愛的形象，自然會引起旁邊人的疼愛並加以保護。

她是柯梵音介紹來的，老柯說這位老師好到不得了，她的鼻子像獵狗，有一天，她經過低班幼兒的課室，聞到氣味，來不及告訴班主任，一聲不響，立刻把有氣味的孩子抱去洗手間，趕緊給她處理氣味的問題，原來紙尿片裡全是「便便」。袁老師不想同學說這孩子「瀨屎」，那是多難聽的嘲笑啊，小姑娘的臉會丟盡的，她盡力保護這孩子的尊嚴，這就是暗地裡給孩子換尿片原因。又有一次，她從課室的玻璃窗看見一個小朋友偷同學書包裡的小汽車，她沒立刻拆穿，更不責罵張揚，而是請校工阿姨立刻去買一架小汽車回來，然後叫那個小孩來教務處，說：「你是不是很喜歡小汽車？喏喏，袁老師送你一隻，但你以後不要拿同學的東西，乖乖，把那架黃色的小汽車放回同學的書包，好不好？」這手段很奏效，第二天，她去檢查被偷小汽車同學書包，黃色小汽車果然在裡面。

很多學生把袁老師當成第二個媽媽，像小貓般在主人腳下磨來蹭去一樣，都要親近她。逢年節，袁老師收到的禮物特別多，而且大件，有些還很貴重，家長們誠意誠心地購買禮品，孩子們也誠意誠心地雙手奉上給袁老師。柯梵音說，這是愛心和專業的體現，種瓜得瓜。

老柯又給袁靜樺加分，說：「她還彈得一手好鋼琴，（大概9級吧），是某兒童合唱團的鋼琴伴奏者。」

何秀雲問道：「這位老師幾歲啊？」老柯說：「確實幾歲我不方便問，大概二十五、六吧。」何秀雲笑著說：「正值花樣年華，人生黃金時刻的開端，既專業又年輕，這種人才難得。」又問：「嫁人沒有？」老柯說，「還是黃花閨女呢，唉，她眼角太高。」何秀雲說：「老柯，約她前來見見面。」

兩位老太太一致認為，如此優秀的老師，請她過來幫忙理所當然。

袁靜樺為樂園提供不少寶貴意見而且付諸實行。首先，她提出把樂園全面卡通化，一人一物，一草一木，非得卡通化不可，卡通是孩子最好的朋友，兒童畫也是很好的卡通化作品，是引起兒童的共鳴最佳方法之一，園內好幾幅牆壁可以畫上大型塗鴉；其次，她覺得要拋棄如過山車、海盜船、Free fall（自由落體）、摩天輪等等的大型機動遊戲，因為那些設備到處都有，而且花錢多，維修貴，佔地廣，一些孩子已經玩膩了。必須將樂園定位在 AI（人工智能）形式上，這玩意兒一來新鮮，二來好玩，三來啟蒙，滿足了孩子們好奇的願望，比如說，一隻會聽口令的機械狗，足以引起兒童們圍觀和哄動；一隻卡通化會點頭微笑、會說「謝謝」的垃圾桶，就能引誘小孩將垃圾投進去。

袁靜樺更建議，樂園要經常舉辦一些靜態比賽的活動比如歌唱、朗誦、樂器演奏、舞蹈、繪畫、書法、下棋等（她將體育稱為動態比賽），希望在歌唱比賽中，可能會發掘到像譚芷昀一樣的歌唱天才；在背誦唐詩比賽中，或會發現更多像王恒屹這樣的神童……她說，很多電視台都有類似的項目，但我們樂園不同，我們用 AI 機械人做評判，準確而又公正。

她這些觀點跟陳秀婷的想法不謀而合，深得陳秀婷的重視。日後，她的信念和理論，影響著內地許多和她一樣理想主義的人士。

何老太有個外甥女（何秀雲妹妹的女兒）叫陳靈慧，是「香港迪士尼樂園」的行政主管也是開園元老之一，退休一年，兩位老太太都同意，聘請她過來工作。

陳靈慧大半輩子服務「香港迪士尼樂園」，對孩子的愛，已經深入她的骨髓，她的筆記本裡寫著愛因斯坦的名句：「在宇宙中存在著一種極其巨大的力量，至今科學還沒有探索到合理的解釋，這個力量包容並主宰其他一切，它存在於宇宙中的一切現象背後，然而人類還沒有認識到它，這個力量就是愛。愛是光，照亮那些給與和接受它的人，愛也是引力，使得人們彼此相吸，愛更是力量，它把我們擁有最好的東西又加倍變得更美好，它使得人類不會因無知自私而被毀滅，愛是神，神就是愛。」

陳靈慧的職位是總經理。一上班，就實施很多經營生意的方法，制定很多規矩章程，她提出一條鋼鐵般的信條，她說，哪個父母不是把自己兒女當成寶貝的？動植物況且如此，何況是人呢，所以她要求樂園員工必須具備「人家的寶貝就是自己的寶貝」的觀念，（這句話在《員工守則》擺在首位。）從招聘開始，就在不斷地測試人員對兒童的愛心和責任感，往後工作中，這個信條在員工心目中，已經成為法律。

良好的硬體——完美的設備，加上優秀的軟件——員工的態度，二合為一，將會事半功倍。她是個完美主義者，如廣東人說的，非常的「掩尖」（要求苛刻之意），事情不分大小，她都插手，所以每次有設備運來，她堅持親自驗收，並眼愣愣地看著師傅們安裝和調試，甚至有些比較簡單的設備，她一看就懂，一學就會，這樣日後的維修會減少很多麻煩。每次新招的員工，她必定親自面試，通常會長達一兩個小時。有些應聘的人，因為無意中洩露會打罵自己孩子的行為，而被她否決。

員工的工作態度與樂園的興旺是成正比例的，這也是當代所有企業模式的通例，當每位員工工作得到尊重，他（她）們必然在崗位上發揮無窮的力量。全園雖然設有嚴密的監察系統，評比全由 AI 去完成，但目的不是監視員工的工作，而是記錄他們良好行為、積極工作態度和超時工作時數，將在發工資時候給予獎勵，當員工收到工資單或通過自動轉賬時，上面都附有一張表揚語句的紙條，說：「非常感謝您的工作態度，多出來的錢是您在某時某刻超時工作的補償。」想想看，員工作何感想？

她又認為，飯要一口一口地吃，先把商店和餐廳的生意做起來，一來首期的投資不會太多，二來可以做旺這個地區，增加人流量，但也不能太慢，天天做好發展廣告，為以後的收費入場做好準備，同時，廣泛的宣傳也會吸引外圍投資。

她採用入場網上定票方法，網購佔 80%，臨時到的客人佔 20%，如果當天網購的客人數量未到齊，售票處就可以臨時賣票（可以 Walk-in）；這種限制人數的方式，解決了地小人多的缺陷；提出某些增加樂園收入方法，比如，將幾十種特色奇葩房子做成卡通式的模型，整套或分件出售，看看麥當勞吧，他們也曾經將 Hello Kitty 等等的卡通人物模型，連套餐一起出售，反應奇佳，我們也可以有樣學樣，在我們的兒童餐廳施行；她又提出售賣樂園的專利，將來，希望連鎖店能夠普及到其他城市等等。

樂園的全部建造工程分三期進行，這也是陳靈慧提議的。陳秀婷開玩笑地說，這個人比我還內行，我的飯碗給她搶了。所有員工在兩位老太太的精神感召下，在總經理無微不至的關懷和督促之下，各司其職盡心盡力，未來，樂園生意蒸蒸日上自然不在話下。

佈局基調定好，在內地工作的同事就能按照圖紙要求，尋地段，聘人員，選材料，找供應商和施工隊等等。

老柯受命派往內地，忙得夠嗆的了。

他先在東莞市某酒店住下，樂園籌建處給他每天五百元的生活費，算算賬，住宿費去了大半，不行咯，沒多餘的錢做其他的事，於是他租了寮步鎮彩霞村一棟農民屋其中一套房子，月租也不過是人民幣八百大元，抵！（便宜之意）

他有位親戚住在東莞的望牛墩鎮，他帶著幾包禮物去探訪。

親戚叫王克志，包了一棟五層高的農民屋，包租公除了自己有房住，還有點錢賺，他又利用地下鋪位做工廠，承接某廠產品的包裝，雇用多名女工，過一過做小老闆的癮。

王克志聽了老柯的陳述，很感興趣，自己兒子閒在家中，靠啃老生活，最好讓他到樂園找點事做做，近乎躺平的年輕人，遲早變成廢物。

「你們樂園招不招人？」王克志問。

「還用說，一兩百人肯定是要的。」

王克志說：「犬兒二十二了，前年高考得分不夠，上不了大學，但他年輕力壯，做做你們的跑腿還是可以的。」

「叫他來見見面。」老柯知道，樂園大部分員工得來自本地人，依賴老表的兒子，可能會打開一道口子。

王克志撥通手機，他兒子很快到了眼前。

「勇仔，這位表伯是香港來的老總，負責籌建一所大型的兒童遊樂園，希望他老人家給你個機會。」

王勇給人的第一印象是內向和頹喪，也欠缺些少基本禮貌，連「表伯你好」一句也省了。一進來就沉默寡言，不會討人喜歡，這種年青人，貌不驚人，平凡普遍，任何地方都有。

「上大學沒什麼了不起，李嘉誠沒唸過大學，比爾·蓋茨的學歷也不

很高，只要合榫頭，就是說，只要對得上他的志願，人就能成才。」柯梵音平淡地說著人生的道理，其實他在試探王勇的反應，看這塊材料有沒有用，可用在哪裡。「表侄，東莞是你老家，生於斯長於斯，你是地膽，當然很熟悉，是不是？」

這幾句稍微奉承的話，王勇很受用，話就多了：「二十八個鎮都去過，大朗專做毛紡，寮步專賣汽車和汽車配件，厚街很多高級酒店，虎門的成衣業很發達，塘廈很多小型加工廠……」

「我看你對它們如數家珍，請問，哪個鎮最好？」

「都差不多，寮步鎮稍微好點。」

老柯後來才知道，寮步鎮鎮長朱仲強的女兒朱少鳳是王勇的女朋友。

王克志留老柯吃晚飯，剛好朱少鳳來了，連同王勇媽媽，一桌五人。王克志的老婆刻意宰了一隻鵝，做成令人流口水的鹵水鵝。

席間，老柯嘮嘮叨叨地說著兩位老太太對兒童的愛意和創業的事，其中當然加鹽加醋，引起王勇的興趣，心想，七八十的老太婆還有這樣的行動，真不簡單。

王克志說兒子不肯到佛山做保安，嫌路程太遠，隔了一個珠江口，言下之意是自己沒能力給兒子找到好工作而有點內疚。

王克志的老婆也加把嘴：「保安工作，本地也找得到，何必去佛山。」

朱少鳳打趣地說：「傳統的佛山盲公餅沒有了，所以他不去。」

說起佛山，老柯的故事來了，說：「你們跟佛山很熟，是嘛？聽過那邊的怪事嗎？」

朱少鳳說：「佛山人每年年三十晚，一定要行通濟橋，說『行通濟，冇閉翳』嗊。」（「冇閉翳」是沒有擔憂的意思。）

老柯不理朱少鳳打岔：「據說，佛山有三大名人，聽過沒有？」老柯挪動一下姿勢，往前伸出一個指頭，「第一個，是個伙頭軍，即係廚師啦，接近零度的大冷天，人人出門都悉悉索索，他呢，好像在說，『我管你幾度，老子只穿一件背心就往外跑！』他硬充強壯？絕對不是，摸摸他手掌，熱烘烘，簡直是熱情如火，所以人人都叫他做『火人』；第二個名人，吃雞不吐骨頭，唭唭唭，唭唭唭，連肉帶骨，都進了肚子，真係『食到連渣都冇』，我十分懷疑，他的腸胃是否有狗胃裡專用來消

化骨頭的酵素。」老柯又伸出三個指頭，「第三個，這家伙嘴巴厲害，吃白灼蝦不用手剝皮，蝦扔進口裡，嘴巴動了幾動，吐出來的是一副完整的蝦殼，頭尾相連。」

如此怪誕的奇人，大家都笑，王勇也在覥腆地低聲笑著。

老柯繼續說：「佛山有個媽媽，把兒子當成比心肝寶貝還要心肝寶貝，每逢吃魚，總是把魚刺逐條逐條……」他比手劃腳的模仿拆魚刺的動作，「逐條逐條地挑出來，小心謹慎挑完又挑，看完又看，然後將魚肉放進湯匙裡，說，『仔呀仔，媽給你拆去骨刺啦，放心吃，不會哽骨的。』有時候甚至將湯匙放在兒子嘴邊，十足餵兩三歲的小孩。」

「小孩不會挑骨刺，做母親的當然要這樣啦。」王克志老婆說。

「可謂無微不至喲。」王克志說。

「嘿嘿，是吖，是無微不至喲，這小孩是三，是三──」老柯將三字拉長，又故意停了一下，才大聲說，「是，是三十五歲的BB啦，哈哈。」

各人起先愕然，後來爆發大笑。

「這個大小孩是不是智商有問題呀？」

「十分正常，高中畢業。」老柯說時，偷看王勇一眼，見他有點不自在，說，「小鷹學飛，老鷹不會干擾，任由它們展翅，不擔心它們從高崖墜下。為人父母也一樣，凡事都給兒女安排好，沒有益處，只會讓孩子不敢飛翔。」

王克志說：「表哥您說得十分有道理，常言道，慈母多敗兒。」

故事其實切中了王勇心裡的要害，自己也不是像那個「大男孩」一樣，依靠著父母庇蔭？心中的火種給這個故事激發，不其然地用右手的拳頭撞擊左手的掌心，啪的一聲。

朱少鳳看在眼裡，伸手去捏了捏王勇的胳膊，以示理解。

老柯也看在眼裡，他記起古語說的「先成人，後成事」，於是以工資為誘因，把話題一轉，說：「我們定的薪水很可觀，比起其他公司高百分之三十以上，保安的工資一般是兩千，我們兩千八到三千六，包吃住，有年終獎更不在話下。」他又說起樂園的前景如初升的朝陽，員工每年都加工資，更有晉升的機會等等，「連我這樣的老骨頭，都能充當地區經理，每月拿到三萬港幣。」

王克志聽了為之動容，說：「表哥，請您提攜提攜勇仔，如何？」

老柯佯裝生氣的樣子，連連搖頭歎息，高聲說：「唉，老表呀老表，他都二十開頭了，大男人還叫『仔』？你是不是想學佛山那位媽媽，給小寶貝拆魚刺？」

朱少鳳在王勇耳邊細細聲說：「仔是仔，不過是個衰仔，嘻嘻。」

王克志說：「叫慣了，那我們以後就叫他全名王勇好了。」

王勇搖頭苦笑，不做聲。

柯梵音眼睛看著別處，好像在考慮重大事情，慢吞吞自言自語地說：「叫他做保安，有點大材小用，可是，讓他幹什麼呢？」過了幾分鐘，他似乎得出結論，對著王勇說：「這樣吧，暫時不定職稱，有成績時候再定，跟著我到處跑，有啥幹啥，好不好，王勇先生？」這是試用期的另一種說法，也是王勇自出娘胎第一次有人叫他「先生」。

在場幾個人對這個稱呼都很受用，朱少鳳尤其興奮，帶頭喊出「王勇先生」、「王勇先生」、「王勇先生」。

王勇做老柯的助手定了下來，工資暫定三千六（每天 120 元，上班才有錢。）這個渾渾噩噩的青年，一旦醒覺，其智不盡，其力無窮，老柯有如發掘到一塊美玉。

老柯回到彩霞村的臨時家中，門口早已一位青年在等他。是他打電話叫青年從廣州過來的。

「來很久了？」「不久，大半個鐘。」「吃過飯沒有？」「還沒。」「那好，我們到那邊飯館吃，我吃過了，就當宵夜吧。」

「叫菜，要吃什麼，咕嚕肉？」青年點頭。「你媽最近怎樣？」「身體不太好，常頭暈。」「叫她看中醫，開點什麼天麻之類的藥。」「是的。」「我給你的平板電腦好用嗎？」「好用。」「錢夠用嗎？」「夠是夠的，不過我想換一輛新車。」「缺多少？」「五、六萬。」「過幾天你回廣州時給你。」

兩人的交談非常熟絡，像親人。

他們倆何止是親人，是父子！不過，是不想公開的父子。

老柯是個老實人，上世紀九十年代初，他老婆因病早逝，鰥居整整一年，有一次和朋友們到廣州遊玩，他們在一間西餐廳鋸牛排，老柯無意中認識了餐館的收銀員李燕影，不期然地發展成一段父女戀的情緣，當年柯梵音五十一歲，李燕影十八歲，年齡的差距讓柯梵音不敢公開這段戀情，十分尷尬。

老柯膝下無兒，其時一九九二年，李思明就來到這世界，剛好填補這個空缺，因為要嚴守秘密，李思明只有跟母親姓。

所謂「老蚌生珠」，產生的後代有時會走兩個極端，要嘛癡呆傻笨，要嘛聰明絕頂，李思明屬於後者，人們常說舉一省三，他呢，舉一省四，尤其在電腦方面，更顯得無比優秀。

老柯把樂園的事詳細地告訴李思明，其中說的重點是電腦和 AI，他對兒子說：「樂園今後的運作，你現在這門技術是樂園成功或失敗的關鍵，你本科的學歷會有用場。」李思明默默地聽，時不時點頭同意，雖然他的電腦知識比老爸不知豐富多少倍。「我們老闆過幾天來這裡，和新招募的人員見面，你不要說出我們的關係，說是通過招聘考試進來的，記得我給你十六個字的箴言嗎？『外表謙虛，裡面強悍，外圓內方，堅守原則。』這個人生道理是時候拿出來實踐實踐了。憑著你的雄厚專業技術和真誠品質人格，我相信，兩位老太太一定會喜歡你的。」

父子倆同床而睡，一宿無語。

次天老柯帶著李思明和王勇，為樂園選址跑了很多地方。

兩個年青人很合得來，王勇非常羨慕李思明大學程度和電腦方面的知識技術，李思明也欣賞王勇的幹勁和對本地的熟悉，也不會歧視對方學歷不高。

他們仨跑了很多地方，有些地處偏僻，有些靠近工廠，都不合用，幾天來無功而返，弄得心情不佳。

天亮，他們準備再次出征，這時候業主來收租，順便問他們是不是天天出去玩，老柯悶悶地說：「哪有心思去玩，我們在找地方。」業主問：「找地方開廠？」「不，開一家遊樂園，條件是旺中帶靜，周圍環境要潔淨的那種。」業主猛然想起：「咦？你們去過本村的公園沒有？那邊有一塊大約三十幾畝的空地。」老柯說：「面積不夠，我們要六七十畝。」業主說：「空地上方還有一塊果園，大得很，有一百五六十畝哦。」老柯說：「果園主人不會讓出來，白講。」這時王勇插嘴：「哪裡是果園，那些果樹像野草，沒人管，任由它們自生自滅。」業主也說：「小夥子說得對，果園雖然有主，但不是為了種果，而是讓人家來徵地，徵地時

逐棵逐棵和你計算，每棵從五百到兩千不等，好些工業園就是這樣形成的，那些承包人一夜之間就成了百萬富翁，這種人東莞大把。」

還等什麼，立刻去看，可能好地方就在眼皮底下，正是「踏破鐵鞋無覓處，得來全不費工夫。」

四個人不消幾分鐘，來到彩霞村的公園，整個公園在一座小山的西南方，北面山坡種滿密密麻麻的「果樹」，公園的右邊果然有一塊空地（香港人稱之為「吉地」），雖然雜草叢生，但周邊環境極好，符合初步條件，老柯說：「怎樣搞到這塊地？」業主說：「我帶你們去見村委會的孔書記。」

每個政府機關的正頭兒，很多是三不管的，正經幹事的是副手，當他們道出求見書記時候，出來見他們的是一名叫做鍾立新的村委會副書記。

老柯帶著許多禮物，當然包括中華牌名煙等等。

老柯攤開總平面圖，說：「鍾書記，請看，這是我們策劃多年樂園的 General plan，麻雀雖小五臟俱全，當代的 Artificial Intelligence 即係 AI 技術，都在裡面體現出來了。」老柯在鍾立新面前拋幾句英文，想取得先聲奪人之勢，鍾立新又怎能聽懂總平面圖人工智能的英文名詞呢，只能佯作聽懂，漫不經心看了幾眼，淡淡的說：「這樣的遊樂園，普通得很，全國沒有一千，也有八百。」

老柯耐心地解說一番，說：「我們的樂園與眾不同，是目前世界上罕有的兒童樂園，請看。」他打開手提電腦，播放預設樂園全場的視屏，逐一介紹每處場景，當他說到機械人婷婷時候，炫耀地說，「這個人造的女孩子，是我們樂園鎮山之寶，其效果是轟動性的。」

「我希望你們不是誇誇而談，日後的情況不走樣，不變形，你如何保證？」口氣表現極其不信任，翻翻白眼，投下輕蔑目光。

事實上鍾立新想拿好處，心裡罵道：「你們做事也得先拜一拜我這位土地公公，哼，憑這點小玩意兒，就想跑斷我的腿，是不是太便宜了？一個小包工頭要承包我的工程，出手也比你們高。」

老柯也知道事情不會太順利的，就約鍾立新晚上吃頓飯，並請他代為邀請村委正書記一起出席。

黃昏時一干人等齊集在一家叫「╳宮」的酒樓晚宴，村委書記孔任振帶了幾個村委人員同來，港方代表依舊是那幾個人：老柯、王勇、李思明和朱少鳳。

酒酣菜熱，賓主都很稱心。到出甜點時候，鍾立新叫老柯到外面走廊談點事。他說，事情很複雜很麻煩的，要找的部門很多很多，首先要去土地局找人協商等等，跟著，來了，要老柯按照他拿來的身體尺寸做兩套西裝（注意：是兩套哦），並指定某種名貴布料和一家有名氣的裁縫公司，老柯早有心理準備，這是逃不掉的要求，爽快地答應了。

過幾天，鍾立新又說去環保局見局長，評估環保問題，要老柯代買兩台蘋果平板電腦，鍾立新之所以拖慢腳步做事，其實他想拿完又拿，蛋糕要一口一口地吃，並且，不是「加拿大」另一種唸法「大家拿」，而是南非國家「博茨瓦納」的諧音「我自家拿」。

又過了兩天，鍾立新說事情必須和市政府溝通，再上報國務院立項，他進一步要求，要樂園邀請他們五人到阿布扎比的【法拉利樂園】參觀，老柯初步估算，至少也得花上十來萬美金，可能還會得寸進尺，只好回香港向兩位老太太報告，大家卻想不出任何填滿這個無底洞的辦法。

這樣一拖再拖，就去了一個多月。

事態氣得王勇像活蝦蹦蹦跳，找朱少鳳商量：「找你爸去，告訴他事情經過，請他搬開這塊石頭。」

朱少鳳找父親，把樂園的籌建遇到麻煩，一五一十地說出來：「爸爸，爸爸，該說的，該投訴的，我都告訴你了，我們不知道怎樣才能填滿這個人的肚子。」她說的「我們」，就已經把樂園的事當成是自己的事，臨時撒了個謊：「這個樂園全世界都沒有，只有中國才有的，而我是樂園籌建處的職工，那是很光榮的事，如果事情黃了，我的工作也沒了，你是不是想我加入啃老族？爸爸，爸爸，你非得幫我不可。」

朱仲強奇怪地說：「咦，真的嗎，我怎麼沒聽過這事兒？」朱少鳳說：「是他們故意不給你消息，先抓一把，賺夠之後才向你報告。」

朱仲強雖然工作忙碌，但聽到寶貝女兒撒嬌式的投訴，立刻將事情排列在工作備忘錄的首項，親自到彩霞村村委會瞭解情況，知道正村委書記孔任振不管這事，很嚴肅地說：「我們千辛萬苦找外面人投資，現在機會來了，你怎能這樣放任不理，輕易放過，真正係『捉倒鹿唔識脫角』，市裡領導知道，後果會很嚴重的，你我都承受不起。」他說出鍾立新的無底索求，要求人家做西裝、買平板電腦的事，都抖了出來，他說他對此人非常反感，語氣很惱火的說：「做事情要有個分寸，見好就收，

不要給人家說我們是個無底洞。」孔任振給說得有點惶恐，嚅嚅地說：「事情我不太瞭解，不過，鎮長您說得對，小鍾做事過於，過於謹慎，步伐太小，我得批評批評他。」朱仲強屈著手指敲桌面哼哼響，一字一眼地說：「這不是什麼謹慎什麼批評的問題，而是要不要這個人去幹這事，才是關鍵問題。」孔任振不知是真糊塗還是假糊塗：「鎮長，您的意思……」朱仲強霸王硬上弓，直接了當道明：「把他撤了，這事不用他管，你來做主管，跟你名字的發音一樣，『任振』等於『認真』，同一發音，同一做法，認認真真把事情幹得徹底。」說完兩人同時哈哈笑了幾聲，孔任振說：「放心，我服從您的決定。」朱仲強說：「我們要抓好這次機會，我相信你，如果有困難，我幫你，辦法總比困難多。過幾天，你跟我一起到香港，會見兩位老太太，當面表明我們的誠意。」

事件終於落實，鎮政府開綠燈，村委會全面配合，樂園步入建設階段。

李思明、王勇和朱少鳳，見到孔任振非常合作，投桃報李，給老孔出了個主意，他仨知道樂園的建設需要大量的玻璃纖維，就建議老孔派「橫手」搞一家玻璃纖維廠，（因為幹部是不能做生意的，所以要找個可信任的人來開廠），於是，老孔找他的侄子，廉價地買下廣州近郊的一家玻璃纖維廠，之後，這廠果然承接了樂園的大批訂單，孔任振這回可「認真」賺錢了。

鍾立新大權旁落，心裡當然不服，沒法子，只有找他的死黨麥鴻密謀，決定將荔枝樹的價格提高到極不合理的程度。

麥鴻承包果園的土地轉讓費不高，但荔枝樹卻吊起來賣，瞎吹果樹是名貴品種糯米糍，每棵要價 3838（取其諧音「生發生發」）。老柯費盡唇舌，最後每棵以 2800 元成交。轉讓的荔枝樹大約有一千三百多棵，老柯說要保留全部樹木，將來綠化樂園會省下一筆錢，所以簽約時寫明荔枝樹要合尺寸和活著的，矮於一米和枯萎的都不要。雙方即時到地盤劃線，並初步點算樹木的數量。

老柯說要得到香港董事會的批准，約好過五六天才正式交收。

王勇非常不值麥鴻所為，認為簡直是勒索，並且當成是自己吃了大虧，又和李思明、朱少鳳尋求對策了。

三個年青人聚在一家小飯店裡開會，商量又商量，討論加討論，沒轍，晚上十點，大家各自回家。

朱少鳳在回家路上，看到地上一堆落葉，頓時來了靈感，她打電話給王勇，立刻通知李思明，找個地方大家開會，會上她如此這般說出她的妙計。

翌日，朱少鳳即時聯繫到鎮政府一位叫常琳的女士，讓她召集十幾個女孩，其中包括常琳的女兒常安安，一隊人在鎮政府枕戈以待，準備夜裡出發。

晚上月明星稀，起行前李思明提醒她們，這行動只是讓樹木「裝死」，別把葉子全部摘光，因為葉子光合作用給樹木製造食物，不然，沒有葉子的樹木會餓死的。

到了果園邊沿，他們聽到有人在說話，樹叢中有幾個人影，王勇立刻作手勢叫眾人別出聲，都躲在灌木林裡。

「大家注意，今晚每人要完成移植十棵以上，每棵五十塊，多勞多得。」幾個人劈哩啪啦地搬動架生，準備開工，那人壓低聲音說著，「我重複一遍，挑選高過一米的樹木，掘起來先堆放一邊，然後各自去找空隙地方，挖好地坑，再把樹木栽進去，填上泥土，拔些野草蓋在上面，不要讓人家看出是新種的樹木，大家明白了嗎？」王勇一聽就知道是麥鴻聲音，心裡罵道，「他媽的奸鬼，原來是來撈錢的，把樹木移植到我們地方，計算樹木時候，每棵兩千八，今晚他們起碼弄上一百棵，發財啦。」然後細聲在朱少鳳耳邊說，「撤退，明天晚上再來。」

第二天晚上，王勇先到地盤觀察，發現沒人，回到鎮政府，帶領眾人去果園開工。

一到果園，眾人分行分列，把荔枝樹的葉子像採茶一樣一片片地摘下來，像蠶蟲吃葉，颯颯颯，颯颯颯，但葉子不是吃進肚子，而是全扔在地上。差不多黎明，大家默默撤退，一到鎮政府，立時爆發哈哈哈的笑聲。

一連幹了幾個晚上，老柯發現他們的行動，但他不響，暗中偷笑。其實，他也不想買太多樹木，這個詭計正合他的要求。

正式交易時，老柯一干人等，帶同鏟子鋤頭等架生，準備移植樹木，他又帶了銀行卡，點數完畢就到銀行過賬付款。

大家到了地盤，看見滿地枯葉，山包上的荔枝樹「死」的很多，點數時，活的只有大半，老柯故意驚叫：「前幾天還好好的嘛，怎就死了這麼

多，哎呀，麥老闆，是不是有蟲害呀，太可惜了。」麥鴻氣得跳將起來，呱啦呱啦地叫罵：「見鬼，見鬼，我的錢呀，錢呀，就眼白白的飛了，真他媽——我操！」他看見有女人在場，不便再多說髒話，王勇語帶責備地說：「好長時間沒下雨了，你不給它們淋水，不死才怪，哪裡有人像你這樣經營果園的。」跟著他老實不客氣地撥開乾野草，露出新掘的泥土，把一棵樹木輕易地拔出來，故意作驚奇狀，高聲說：「柯先生，是有人把樹木新栽上去，你來看你來看，喏喏，這是新種的。」他指著新番泥土，像警察抓到證據，跟著，他走到另外地方，又拔出一棵，「這也是新種的。」老柯也在演戲，接著說：「是嘛，什麼道理，誰在做這種缺德的事呀？」麥鴻站在一邊，不敢出聲，老柯說：「我們該怎麼辦哪？」王勇對著向眾人說：「大家幫幫忙，把新種的樹木全部拔出來，這些樹木本來不在這個地方的。」總共被拔出果樹就有兩百多棵。

按照合同，矮的和死的不算，結果，樂園省下被勒索的幾十萬元。

事後老柯把故事告訴兩位老太太，老人家笑得幾乎嗆死，何秀雲說：「你們也太過分了吧，事情如果穿幫，會影響樂園名聲的。」老柯說：「不過分，因為那個人太貪婪，稍作懲戒而已。」陳秀婷說：「你們幹得好，古語說的，『知人不評人，看破不說破』，保障自己利益，也給人家留點面子，那個果園園主，有什麼反應？」老柯說：「他敢怎樣，啞巴吃黃蓮囉。」陳秀婷說：「千金難買相連地，這樣吧，剩下的荔枝樹和土地，和那個人商量，給他一筆錢，轉為我們接手承包，日後作為樂園的苗圃和果園，並聘請種荔枝樹的高手來改種頂級糯米糍和桂味，將來樂園就有舉辦荔枝節的條件了。」老柯說：「OK，我回去照辦。」

以王勇為首的三人小組在有意和無意之中成立，分工得非常妥當。王勇負責全盤計劃，並兼任土建、購進建築材料和動植物的購買和照料等等事宜，他最初看不懂圖紙，就虛心地請教老柯和李思明，很快的掌握陳秀婷設計的要求和意圖，土建施工隊的頭兒都不敢輕視他。按照老柯要求，先把樹木種植起來，因為樹木長大需時，他去買已經長大的約莫七八米高的白蘭樹，一棵才五千多元，還包含移植費；李思明負責水電風煤等工程的事務，這方面他略為懂得一些，經他老爸指點，很快地成了半個專家；朱少鳳專職對外聯繫，有他父親的人際關係，往往事半功倍。

李思明回了廣州一次，買了一輛新車，開到東莞，並載著兩個搭檔遊車河，其間並鼓勵王勇和朱少鳳去學開車，說不會駕駛是浪費時間，等於短了十年八年命。

老柯和三人小組，晚餐同時是開會，一頓飯一吃就是兩三個小時，菜涼了叫廚師拿去加熱，這是他們最開心和最煩心的時刻，開心者，某項工作順利完成並節省多少多少錢，但煩惱的事情太多，不是三言兩語可以描述的。

陳秀婷和李思明一起到韓國，陳秀婷買完機械人後回港，李思明則繼續留在韓國，他的簽證有 90 天時間，學習機械人和 AI 的知識，陳秀婷的動機和做法跟當年邵逸夫爵士資助顧嘉輝到美國波士頓伯克利音樂學院留學一樣，悉心培養一位天才。不到兩個月，李思明就學成回國，并帶著一個機械人，同行的還有一位韓國的 AI 工程師。（韓國方面恐怕機械人的知識產權被盜用，不放心。）

常琳經常來樂園工地幫忙，身邊總是離不開常安安，她發動義工全力協助樂園籌建處工作。這時她認識了袁靜樺，兩人談得投機，一次，袁靜樺那隻靈敏鼻子嗅到安安身上有尿的味道，就問常琳：「安安身上有味道，怎麼回事？」常琳臉上一紅，眼淚隨之滾下：「她有腎病，小便失禁。」袁靜樺把安安拉近身邊，認真看她的臉色，翻翻她的下眼瞼，緊張地說：「很嚴重哦，趕快帶她去看醫生。」常琳說：「我們缺錢，醫院要十幾萬手術費。」袁靜樺知道了常琳的苦處，就發起募捐（她自己捐了三千塊）。沒幾天，這筆錢籌到，立刻送安安入院治療，她和常琳隔三幾天就去探病。

兩個月後，安安恢復健康出院。袁靜樺又瞭解到安安是外地戶口，不能上學，就把安安收為學生，安排在身邊，儘量補償學業的損失。後來，安安做了年紀最小的職員（並非童工，名義上是義工，實際上是有工資的，工資由她母親代收）。她成了樂園的小導遊，那種如火一般的激情，讓她把酒店導遊的工作做得沒有最好，只有更好。她最擅長的是介紹旅舍情況，儘管旅舍區各種房間形狀各異，分佈複雜，她閉著眼睛都能指出房間的位置、滾瓜爛熟地道出房間的特點和房價等等，像一本活的旅舍指南。

樂園籌建處大量招人。王勇要求聘請他的女朋友朱少鳳，當陳秀婷聽了老柯的陳述，決定招聘朱少鳳為陳靈慧的辦公室助理。以後，朱少鳳身兼多職，既是樂園的外交官，又是園區各種設施的園務管理主管。

這段時間，兩位老太太雖然以「無為而治」作為管理手段，她們也忙得很，那是快樂的忙，開心的忙，是夕陽無限好的忙。

何秀雲索性搬來樂園裡生活，住在主樓西翼三樓的一套房，她床頭掛著一位書法家為她寫的「以幼為尊」一副橫額，將她的信念表露無遺。其間她膝蓋患上嚴重的關節炎，在香港某私家醫院做了關節置換手術，走路有一定影響。最近換了傭人，新請的印尼女傭 Aniter，每天早上推著輪椅讓她到處看看，以她的言行激勵正在建設的工作人員，當大家都知道大老闆也在工地現場的時候，自然更加賣力。她看見兩個泥水匠在烈日下做「塑石」工作，將心比心，立即通知工程部給這兩位工人搭一個塑膠布帳篷，避免他們日曬中暑；看到好幾包水泥放在露天地方，就叫 Aniter 找些碎塑膠布將之蓋上……有時候她會參加重要會議，聆聽眾人意見，作出一些決定性的指示等等。

其間兩位股東和其他幾個主要成員，看了陳靈慧的財政報告，曾經有過爭坳，主要是樂園的入場費問題，何秀雲不想定得太高，這樣做是違反初衷的，樂園為孩子而設，不應該從他（她）們身上撈錢，老柯也贊同何老太太的說法；陳秀婷則認為，為日後的發展，我們要增加自己的能量，像孩子要發育就要增加營養一樣，原始資本積累，是每個企業必須的行為，陳靈慧認為，降低收費，有點貶低身價，這樣，開了好幾次會都沒結果，就先將事情放下，等待試業一個星期之後才作出調整。

陳秀婷在港其間，思潮如泉湧，不斷創作很多作品，在一座高樓里，分層列出各項展覽，比如【能源館】用兒童看得懂的圖象和聽得明語音解釋，去說明核聚變的原理；又比如【機械人館】展示目前世界上機械臂工作的情況，活動的模型不斷地重複製造汽車時的某一個生產流程，讓孩子們知道自動化原來是這樣的；【VR 館】的構思尚未完成，等待有關方面的技術成熟時再完善其設計；【UFO 館】是一處以探索為主的場所，要孩子們去追求真相，月球是否空心的人造物體？裡面是否有一座超大城市？是不是有四種被稱為「北歐人」、「螞蟻人」、「小灰人」和「爬行人」外星高等智慧生物？一所展示全球所有藝術作品的展館設計已經完成，包括音樂、繪畫、雕刻、文學等浩如汪洋的藝術作品，經過篩選和壓縮而展現出來，【樂器館】部分，將會讓孩子們認識鋼琴、大中小提琴、單簧管、雙簧管、手風琴、二胡、琵琶、橫簫、月琴等樂器實物的樣子和發出的聲音，而這些樂器，全部被袁靜樺卡通化，比如一隻中式琵琶，被卡通成臉帶愁容「尤抱琵琶半遮臉」的婦人；還有，其中一棟最令人驚歎超前衛【秀秀兒童酒店】的設計草圖已經完成，但她說，作品仍然粗糙，暫時不能公開。

柯梵音也留守樂園，經常樂乎乎的，連香港都不想回去了。他說身體越來越好，正因為樂園施工時，天天到處巡視，腿都走軟了（他的手機記錄一天走路約二萬步）。他什麼都管，經常善意地提供意見給其他員工。

沒有人是閒著的，大家心中一個目標，樂園快點開幕。

陳靈慧忙於商店和餐廳的事，讓這兩個地方早點營業賺錢，經常召集各個部門經理開會，討論店面佈局、進貨管道、售貨員培訓等等問題；又找到一位營養師製作兒童餐單，營養師特別為餐廳製作一種湯水，用魚骨和豬骨熬制而成，加點淡奶和其他香料，成了奶白色的濃湯，即使不喜歡吃魚的小朋友，也感興趣。

袁靜樺在網上尋找能人，創作各類型漫畫人物，結果給她找到一位七歲叫楊晨皓的男童，天資過人，其畫作非凡，日後的大部分畫作，都出於這位孩子的手筆。

李思明和韓國的 AI 工程師一起，將機械人變成「人」，陳秀婷也正式為這個「人」命名為「婷婷」，李思明的工作小組對婷婷日夜操練，使她不斷向人類靠近，其間工作之艱巨不足以外人道；他們又成立一個小小的實驗室，帶領幾個小徒弟，專門做機械動物的實驗和製造，計有割草機小田鼠「舒舒」、四處遊蕩的小鹿「斑比」、青蛙池裡跳來跳去的『青蛙王子』、會駄著人游水的人造海豚「嗷嗷」等等，每個製品都讓孩子們興奮莫名，因而產生對科學的興趣。

袁靜樺給李思明的機械動物加上卡通外形，兩人接觸良多，好感悠然而生。袁靜樺有時候橫看豎看，覺得李思明的樣子簡直是老柯的翻版，也看到老柯對李思明那種特殊的態度和溫潤的眼神，心裡很多疑念，知道其中必有蹺蹊，莫非？希望自己的想法是真的，但從來不作詢問，她感恩老柯把自己帶進這個可以讓人更能發揮才華的地方，那麼，何必探聽別人的私隱，令人家尷尬。

她比李思明大三歲，就把李思明當成「細佬」（弟弟的意思）看待，經常關心「細佬」的起居飲食，時時問寒問暖；李思明也十分珍惜這份感情，用本地話「家姊」來稱呼對方，當袁靜樺要回香港時，他開車送「家姊」到深圳羅湖過關。正所謂日久生情，今後他們倆關係的發展，會不會成為姐弟戀，很難說。

樂園開幕日期已定，到時肯定會有一番熱鬧。

樂園開幕典禮全部由兒童主持，開了個先河。

歡樂兒童滿園
婷婷姐姐表演

陳秀婷帶著孫子周皓秋（Popeye）和孫女周麗秋（Kitty）遊覽樂園，周老先生因為近期身體不太舒服，畢竟年紀大了，身不由己，其實他也很想親眼看看老婆作品，這次沒有同來，非常可惜。

兩小孩問陳秀婷：「嫲嫲（奶奶），這個樂園全是你設計的？」陳秀婷說：「是的，費了很大功夫，也參考了網上資料和聽了許多人意見。」周麗秋說：「嫲嫲，原來你會設計的。」周皓秋也說：「嘩哈，That's impressive（好厲害喔）。」搞笑的是，孫們不知道奶奶是個傑出的建築師，還以為她是一個在街市來回選菜的老婆婆呢。

他們仨經過氣勢逼人的門拱，進入不收入場費小廣場。

他們去旅舍的櫃檯 Check in，今天晚上就可以住進 T16【狗狗屋】，他們做了音紋控制手續，就是說，總台要錄下他們的聲音，以便住進之後用聲音來控制房間裡面所有設施。這裡要來一個說明，住客被錄了音紋之後，無論你怎樣扮成鬼聲鬼氣，或者別人努力模仿你的聲音，自動系統都能辨認，又如果你惡作劇地玩弄設備，比如你叫「芝麻開門」、「芝麻關門」，之後又連續叫三次，門開了又關，關了又開，自動系統就會說：「對不起，我們暫停服務二十分鐘。」那麼，你只好在門外傻乎乎地等二十分鐘，如果再次玩弄電腦，它索性停止，說道：「停止你的不當行為，請與總台聯絡，再見。」

兒童商店由幾個六角形的建築物鏈結組成，為什麼要六角形？因為所有圖形中，六角形是最節省面積的圖形，可以充分利用空間，你看看蜂巢的結構，就明白蜜蜂的聰明了。

由於六角形有很多凸面，所以商店的外觀是一座具有立體感的海陸空的圖畫，內容豐富，色彩繽紛，受到外觀的吸引，孩子們必然想進去看看。

商店包羅所有的兒童用品，計有玩具文具、童裝童鞋、糖果雪糕、紀念品和兒童房間裝飾等，商品琳琅滿目，裡面的裝飾也非常兒童化。

周皓秋和周麗秋購物買了很多東西，暫時存放在店裡。

周皓秋和周麗秋去玩攀爬架，與一般攀爬架不同的是，前面有四棵給孩子們攀爬的人造樹，大家知道，孩子們都喜歡爬樹，這裡，正好滿足了他們的要求。

他們仨看到熊貓園裡五隻用木膠做成栩栩如生的熊貓模型，熊貓爸爸在吃竹葉，熊貓媽媽抱著熊貓 BB，一隻小熊貓在草地上打滾，另一隻在爬樹，旁邊一塊牌子寫著：「國寶國寶，你好你好。」

竹林佈滿園子周邊，不認真看，你不會發現這種竹樹奇異之處，竹杆是方形的。

經過入閘機進場，接待廣場很寬敞，地面鋪砌彩色廣場磚，一片色彩繽紛的圖案，線條縱橫交錯，間中點綴幾朵粉黃媽紅淡紫的小花，那是孩子們最喜愛的圖案，陳秀婷笑言，老娘用「撞色」手法（就是色彩衝突的意思），使之彩色更強烈更繽紛，Colorful Go beyond，這是尖沙咀 Suzie 屋企的靚衫，橙溝綠，米襯藍，靚麗奪目，鮮豔搶眼，哈哈哈。她也十分讚歎圖案的精細，製作是通過電腦指揮來切割，再以手工將之鋪上地面。

中央有一座平臺，站立一位少女的雕像，正是婷婷。

平台的背景可謂不得了，視像中的火焰燒得正烈，紅的、青的、藍的、淡黃的火苗在風中飄搖、流竄、伸張、翻滾……陳秀婷想，自己中學時期唸艾青詩的那一句「請給我以火」，因而引動了創作靈感。火，是人類最早發現的能源，它們改變了人類的生活方式，是今天社會的原動力。火力燒開了水，水蒸氣推動渦輪，引發了第一次工業革命，人類一路勇往直前，開發了無數能源：石化（石油、煤和天然氣）、水力、風力、地熱、潮汐、太陽能、電磁波和核能，而這些能源都是上天的恩賜，未來的核聚變，才是人類自己開發的能源！她暗自欣慰，原先的設想已經得到發揮，用這種方式向孩子們認識到「火」，多好。

迎接的是由真人扮演的卡通人物婷婷姐姐和一群機械動物，婷婷姐姐口說：「歡迎——歡迎——歡迎——」機械小動物圍著人們團團轉，機械小狗汪汪汪地叫，還會站起來「請請」，真的小動物比如小山羊和小梅花鹿也過來湊熱鬧，亂哄哄吵鬧鬧的，興高采烈氣氛隨即接踵而至，孩子們樂壞了。

他們看到何老太太啦，她正坐在輪椅上，微笑著、全神貫注看著孩子們那種洶湧的場面，渾然不知陳秀婷等人來到眼前，周皓秋和周麗秋立時撲上去，抱著何秀雲，親切地叫：「奶奶，奶奶……」何秀雲驚喜

地說：「嘩哈，你們來了，為什麼不預先通知我？」周麗秋說：「我們就是故意讓您驚喜一下。」何秀雲仔細打量麗秋：「我看你這丫頭，哦，又長高了，還打扮得很時髦呢，今天戴什麼顏色的手錶？哦，紅色的，好漂亮喲，粉紫白點襯衣，艷紅吊帶小裙，非常，非常的配襯，英文叫什麼？」周麗秋露出一絲驕傲微笑的說：「Match，我有五隻不同顏色的手錶，紅黃藍白黑，襯我不同的服裝。」

前段時間，陳秀婷自個兒去坐郵輪，她的目的是參考新郵輪裡面有哪種設備的設計可以借用，又到很多有名氣的兒童樂園參觀，在海上和陸地度過一個多月（一個老太太有此魄力，難得），加上回港之後，設計工作依然要密鑼緊鼓，跟何秀雲分開差不多好幾個月了，她關心對方的健康比自己的還重要：「你的腿還好嗎？什麼時候回香港覆診？現在有一種新藥，能補救關節的韌帶，我給你帶來了，喏。」她從手提袋拿出一盒藥，遞給何秀雲。何秀雲說：「謝謝，你也吃這種藥？」陳秀婷說：「不用，我的膝蓋還行。」何秀雲說：「你們先去玩吧，明天你送兩個寶貝上車之後，留下來陪我三幾天。」接著她又問周皓秋：「Popeye，你可以帶著妹妹過關嗎？」周皓秋說：「Why not？No problem。」

她們倆的所謂三幾天，拿個 2 或 3 去乘吧，那時候會說多少話語，她們從不覺得囉嗦，正如那首歌的歌詞：「……每一次相逢的笑臉，都彼此銘刻……我們手拉手啊，想說的太多。」何老太太分租了主樓西翼首層小部分，自己掏錢建造了一個溫泉湯池和桑拿房，到時，她和陳秀婷，還不一起泡溫泉、焗桑拿、找兩位女按摩師來鬆一鬆筋骨、談話滔滔不絕嗎？

這時候，周皓秋和周麗秋已經登上空中走廊，俯瞰迎接廣場的人群，等到陳何二人嘮叨完畢，他們正式遊園了。

他們仨步行穿越丹霞地貌峭壁下的人行道，欣賞筆直的佈滿水漬斑斑的鐵鏽色紅岩，顯示了年代的久遠，穿過稱為「一線天」的石林山洞，山道迂回曲折，幽清靜寂，他們上【花果山】，看正在成熟的果子，道旁的欄杆，內心是鐵支，外面糊上水泥，經過塑石師傅的處理，竟然像十足十的樹幹樹枝；他們入【水簾洞】，像黃果樹一樣從後面看瀑布，水花四濺，嘩啦嘩啦聲音很大，山體之間的縫隙滾滾洩下濃霧，霧氣漫騰，雲靄翻飛，這是乾冰（固態二氧化碳）作出的仙境般的效果，如此模擬大自然的境界，絲毫看不出半點人工痕跡。

他們去坐齒軌火車，除了觀看全園景物，還可以遊歷三個景點。

第一站是始發終點站，小遊客往場地入口的螢幕點出你的入場券號碼，立刻知道自己該什麼時候到場上車，而不必浪費時間排隊。

四列齒軌火車分別停在四個站頭，同時間起動和停止，每輛列車在站停留的時間是九分鐘，路上移動時間也是九分鐘，全程須時為七十二分鐘，這是 AI 一早設定的，分秒不差。

齒軌火車入口處有一塊牌子寫著：「會爬山的火車伯伯，帶你們去看地球。」

周皓秋問道：「嫲嫲，這是什麼車，是過山車嗎？」

陳秀婷說：「不是，這種火車叫齒軌火車，我和你們爺爺去瑞士旅遊時候曾經坐過，將來你們長大，自個兒背著背囊去瑞士，享受真正齒軌火車登上阿爾卑斯山的樂趣，會讓你們永久難忘的。至於齒軌火車的原理，現在沒時間講給你們聽，自己上網去查吧。」

第一站上車，系好安全扣環，有位姐姐逐一檢查。

他們來到第二站【可愛家園】，車停定，兩側牆壁和天花板連成一道弧形天穹，螢幕打出地球美麗山河的景象，日出金光萬丈，日落彩霞斑斕，白雪皚皚的山峰，雲靄繚繞的霧林，仙境般的中國張家界，垂直斷崖的美國科羅拉多大峽谷，櫻花構成粉紅色花海，幽深壯麗的北歐挪威海灣峽谷，場面浩大的非洲動物大遷徙，藍湛天空白雲朵朵，整隊雁兒飛翔，田疇間薰衣草是紫色彩緞，山坡上野花是七色錦衣，暮色籠罩樹影，陣陣鴉群起落，耀眼白色沙灘，碧海風帆片片，淺海絢麗的珊瑚群落，魚兒們優悠地漫遊著，摩天大樓平地升起，鄉間小屋鱗次櫛比，現代文明在這星球崛起，人類活動在這裡進行，大自然和人間萬物融洽和諧，天、地、人攜手結合。啊，這就是無窮無盡的美景良辰，這就是無憂無慮的生活模式。

陳秀婷對孫們說：「孩子們，這麼美好的星球，我們不能糟蹋，每個地球居民，都必須負起保護她的責任。」

他們到達第三站【地球哭了】，全螢幕打出地球災難的景象，看得見的蝗災，蝗蟲遮天蔽日，沙沙沙地吃光所有農作物；看不見的瘟疫，電子顯微鏡卻可以看到它們可怕面目，它們奪去無數人生命，幾乎摧毀人類文明；颱風、龍捲風，烏天黑地，電閃雷鳴，時速二百千米風速，橫掃大地，大樹嘩啦啦地倒下，房屋掀頂，雜物滿天飛；山林大火，火焰如一條條火龍，烈熾衝天，濃煙翻滾，摧毀大片大片槐楊丹楓，林間小屋瞬間消失，動物們沒命地逃竄；混濁黑黃的洪水，吞噬世界，災民

們在屋頂哭喊求援，消防員拉著救生艇營救；海嘯、巨浪如十幾層高樓，轟然衝垮堤壩，壓碎建築物，房子汽車像樹葉般漂流；火山爆發，轟隆隆之聲有如悶雷，是地下巨人發出的吼聲，焦紅的巨石被拋向高空，上千度的熔岩沿山坡流動，烤焦所有物體；山崩地裂的地震，地表裂開，山崖滑坡，房屋倒塌，這時小火車跟著搖晃震動（人造的晃動非常逼真），這些場面仿若世界末日，十分嚇人，有的小遊客連忙躲進父母的懷裡……

齒軌火車來到第四站【飛越宇宙】，在起飛架等待出發的光帆飛船，艙內宇航員揮手說：「再見，地球媽媽，祝你永遠健康。」陳秀婷向孫們解釋：「他（她）們將以秒速六萬公里的速度（噢，這速度只是光速的五分之一）到達火星、土衛二、木衛六，再向更遙遠的宜居星球進發，他（她）們或許會遇上《阿凡達》的藍色人，或許會遭到《侏羅紀公園》恐龍的襲擊……」兩側螢幕映出絢麗的太空景象，原來太空並不是完全漆黑的，但又那麼靜寂和蒼涼，太空船仿若一艘大郵輪，孤獨地在比地球海洋大千萬億倍的宇宙海洋航行著，陳秀婷想像著璀璨的銀河，那裡將會有多少宜居的星體啊，她無限感慨地說：「孩子們，我希望你們這一代可以看到地球人移居外太空，好比當年歐洲人移居北美洲一樣，從前，橫渡大西洋要兩三個月，現在只要幾個小時，如果要到火星，也要用上好幾個月，將來或許只用幾十分鐘，想到達更遠一點的星球，用人類的時間計算，可能要幾百年甚至上千年，人類哪有那麼長命，怎麼辦？」她目光散煥，開始自言自語：「用冷凍方法，讓人體部分或全部新陳代謝停止，進入冬眠狀態，在不知不覺之中度過漫長的歲月，正如中國古語說的：『山中方七日，世上已千年。』或者，或者會發明更有效的方法……」她忘形地說著想著，又想著說著，忘卻了時間，齒軌火車已經走完全程。周麗秋說：「嫲嫲，到站了。」

【恐龍館】入口處有一塊牌子寫著：「恐龍是我的馬兒。」

騎恐龍啦，哈哈，周皓秋騎一隻大母牛一樣的暴龍，神氣十足，左手拉緊韁繩，右手揮動著，吆喝道：「出發，到沼澤地去，那裡有你喜歡的肉類動物。」暴龍顯然不暴，也似乎聽得懂人類的話語，像頭大象，步履穩重地前進，時不時悶叫幾聲；周麗秋騎一頭較為溫馴的梁龍，像騎著一隻頭頸和尾巴特長的大號綿羊，周麗秋向牠說道：「請你走快點！」果然，梁龍加快了步履。他們走了兩圈，時間到了，兩人過足了癮。

恐龍館路邊有兩三隻石頭雕刻的巨龜（是哥斯達黎加的品種），幾個孩子騎上去，也覺得十分好玩。

坐旋轉木馬，陳秀婷抱著周麗秋坐木馬，隨著音樂旋呀旋，轉呀轉，又高又低，連大人都喜歡。

旋轉木馬旁邊有一座八大星球疊羅漢的玩意兒，除了給孩子們瞭解太陽系家族之外，更讓他們登上土星環，作一次傾斜的漫遊，往外看，是園區的景色，往裡看，是土星表層濃霧瀰漫的景象，神秘詭異。

參觀外形為變色龍的【玩具館】，他們先進入一條時光隧道，魔幻般的閃耀光環，令人有點暈眩，順著斜道往前走，這裡幾乎包括全世界的兒童玩具，兩側層架上的玩具林林總總，海陸空的交通工具、動物模型、房子模型、洋娃娃、積木應有盡有，目不暇給，只能走馬看花。

他們來到【通訊館】，從接線生到撥輪子到按鈕子到智能手機到將來的未知，有如翻開一本活生生的電話歷史書。

第一環是古老的電話設備，聽和講的筒子分開，旁邊附有兩節水壺一樣的大電池，你要手搖把柄發電，再經過接線生接通才可以通話，四個角落有通話電線對角相連，讓孩子們試試古老電話的有趣；

第二環是撥輪式電話機，中間有一座大型的電話機模型任由兒童耍弄，最長時間的 0 字，要好幾秒鐘才咕咕咕咕地轉回原處；

第三環是按鈕式電話機，中間有一座大型的大哥大電話機模型任由兒童按動，幸好設備做得結實，不然兩三下就給砸壞了；

第四環是智能手機，有幾座大型的智能手機模型擺在那兒，任由兒童用手掌刷屏；

在最後的一環裡，提供紙和筆，作為寫作和塗鴉之用，讓兒童們任意發揮想像力，畫出電話的未來，（每隔一段時間，會選出最佳作品張貼在一幅牆上，並發給獎品以資獎勵）。孩子們對未來電話構想，有的寫道，電話機可以變小變大，像孫悟空的金剛棒，有的寫道，電話跟隨人的思想，比如說，我現在要和某某通話，不用撥號就能接上，有的畫出未來電話機的模樣，是他的機械寵物狗，狗狗會聽會講人話，直接代替主人和對方溝通……

他們仍參觀了【交通館】，那是一艘大型的模型郵輪，裡面展示海陸空三維空間林林總總的交通工具模型，琳瑯滿目；跟著他們參觀了【能源館】，裡面展示當今世界上人類運用的所有能源。

繼而他們參觀電話館地下室的【地下的生命和寶藏】。

Ａ，金、銀、銅、鐵、錫和寶石：礦物鑲嵌在場地的周圍牆壁上，分六格，每格正面是該物卡通化的模型，每當小孩輕輕拍打模型三下，兩側就會伸出兩塊板來（這兩塊板是螢幕，也有隔音作用），板上的卡通人物不斷在兩塊板跳動，用兒童聽得懂的語言介紹本物品的基本知識。

　　Ｂ，我們的食物：番薯、芋頭、馬鈴薯、白蘿蔔、胡蘿蔔、花生、木薯、甜菜，這些農作物都是在地下長大的，尤其是花生一欄，兒童們會看到花生的花朵伸出一條長芽，其實是花生已經授粉的雌蕊，慢慢地插進泥土，然後長大成花生顆粒，這些展品在場地中央，分做八格，每格正面是該物的模型，每當小孩輕輕拍打模型三下，兩側就會伸出兩塊板來（這兩塊板是螢幕，也有隔音作用），板上的卡通人物不斷在兩塊板跳動，用兒童聽得懂的語言介紹本食物的基本知識。

　　參觀【熱帶雨林和鳥居】，那是一座不銹鋼網罩住的大籠子，裡面養著五種脊椎動物，包括魚類（鯽魚等）、兩棲類（青蛙等）、爬行類（蜥蜴，巴西龜等）、鳥類（鸚鵡，八哥等）和哺乳類（刺蝟等）。入口有一塊牌子寫著：「千山鳥飛絕，萬徑人蹤滅。──唐‧柳宗元」寓意著人類和鳥兒的深層關係。【鳥居】的熱帶雨林，蕨類植物特別繁盛，樹木青蔥，鳥兒們自由飛翔，並享用各種不同的營養餐，鳥媽媽（模型）在孵蛋，遊客還以為是真的。

　　參觀【魚館】，這裡包羅世界大部分魚類：海水珊瑚魚（由於水族箱體積有限，當然不能養大型的海水魚囉）、錦鯉、金魚、泰國鬥魚、熱帶欣賞魚、金龍魚、淡水魚（主要是食用魚，例如青魚、鯽魚、鯉魚等）和亞馬遜河的食人鯧，分別養在八個水族箱裡。

　　沿著山坡曲徑欣賞彩色杜鵑花。這個人造山崗，是用挖掘人工湖的餘泥堆填而成的，節省了搬運土方到外面的費用。主樓的後半部隱埋在土坡裡，形成天然景色和人造建築物的巧妙融合。

　　他們登上【火箭塔】瞭望全景，山頂處矗立幾座大小火箭，底部有熊熊烈火燃燒（用鐵支做成火焰一樣的抽象雕刻，塗紅色。）火箭周邊有兩個太空人在作太空漫步。這是本園標誌性的建築物，有點像迪士尼城堡；他們又進入火箭內部，那是一個直徑大約 15 米的圓形大廳，這裡每天會舉行十次的太空飛行，其實，這是一種模擬的飛行，火箭根本原封不動，變化的只是外景，火箭發動時的震動和聲響，天空浮雲的移動，載運體脫落，飛船到達地軌。這時，周邊已是一片漆黑深藍，突然他們看到一個蔚藍的球體，啊，那是我們可愛的家園，孩子們歡呼雀躍：「地球，地球！」轉頭一望，那是一個地球的小夥伴：月亮，亮晶晶的懸掛

在圓形大廳的另一角落，飛船停留空際約莫幾分鐘，要回家了，它搖搖晃晃地進入大氣層，降落在一片沙漠之上，外面大群人在歡迎……

　　他們來到【飛索站】，站口有塊牌子，寫著：「我飛，我飛，我飛飛飛，穿過山林，越過湖泊。」兩個孩子給吸引了，這次膽大，像小鳥一樣飛越三個不同高度。

　　玩了飛索回來，他們鑽進山坡肚子，裡面另有乾坤，山坡肚子有一條地下隧道，叫做【食物的歷程】的，這是瞭解人體的消化器官奧妙的地方，孩子們可以戴上不同食物的紙帽子扮演食物，「食物」經過口腔牙齒食道進入胃囊，胃壁蠕動並有搖動的感覺，再經過也會蠕動的小腸大腸，最後從肛門排出，周皓秋急忙地跑出來，扔掉頭上的紙帽子，大聲喊道：「我不做糞便！」

　　過【水底玻璃橋】觀看錦鯉，玻璃橋的頂部，人們撒魚食餵魚，玻璃橋內部人們則看到魚兒們在搶食，情況好不熱烈。

　　遊船碼頭有小遊船作環湖遊覽（附有救生衣），周皓秋說：「今天沒時間了，我們明天再來玩。」

　　他們去參觀主樓，這是一座十字形尖頂房子，東西翼的屋脊上豎立兩面約十五米寬乘六米高的露天螢幕，不斷播放火箭升空的畫面，襯托中央火箭群塔樓的壯偉。

　　在指定時間裡，【四季廳】給小朋友在短短的時間內看到和體會到一年四季的變化。【四季廳】入口門廳有一堵約二米寬七米高的屏障，向入門處，鑲嵌一幅兒童畫，圖畫頗為抽象，意境是天空、陸地、海洋渾然一體，旁邊豎立一塊牌子：

> 能不能把碧綠還給大地？
> 能不能把蔚藍也還給海洋？
> 能不能把透明還給天空？
> 夢開始的地方，一切，還給自然。
>
> ──童安格

　　當中的一幅牆，看上去是一道門和窗，其實後面是大屏幕，播放著每個季節的景象；另外兩幅牆面，用投影機放映四季變化的景象。

　　冬盡春來，背景音樂奏出約翰‧史特勞斯的《春韻》（Voice of spring），一群少男少女正在輕快的圓舞曲旋律中漫舞。「春天」，主色

是鵝黃嫩綠。萬物充滿生機，熏風習習，暖日柔柔，朦朧霧氣四處擴散，憧憧樹影倒掛湖面，葉芽冒尖，嫩白鵝黃，花蕾含苞，蠢蠢欲放；燕子回來了，正在銜泥築巢，餵哺幼雛；白眼圈的小松鼠在樹林間如履平地，雄鳥表演時裝，在枝頭跳躍鳴唱和炫耀；山坡野花遍地，飄來陣陣花香，那是噴霧器噴出的春天氣息。此時響起 James Last（詹姆斯 拉斯特）《天堂鳥》的輕音樂，令人神酣心醉，綿綿春雨沾濕人們衣袖，欲暖還寒。

「夏天」，主色是碧翠湛藍。林間巨木蔥蔥，綠葉墨濃，荷塘蓮花朵朵，迎風擺柳，海灘人頭湧湧，碧波蕩漾，風帆片片，廳內奏出 Johann Strauss Jr.（小約翰 史特勞斯）的《藍色多瑙河》，烈日當頭，路面熱氣升騰，汽車在晃動的熱浪中變得模糊，忽然烏雲密佈，閃電劈劈，雷聲隆隆，嘩啦嘩啦下來一陣大雨，小孩們連忙打起雨傘，（水從地板的縫隙漏走）。轉瞬間，雨過天青，藍天白雲，蜻蜓抖去翅膀小水珠，重返空際；仲夏夜來臨，繁星鑲滿天空，響起 Schubert（舒伯特）的《小夜曲》，這是情人們最佳的約會時間。

「秋天」，主色是赤金褐橙。萬里無雲，大雁南飛，溫暖陽光撫摸大地，晶瑩露水粘緊草尖，山野紅黃交雜，樹葉紛紛隨風飄落；莊稼一片金黃，人們忙於秋收，聯合收割機像把梳子，給田地梳頭；果樹掛滿成熟水果，吹來陣陣果香；晚上，暮色蒼茫，夜涼如水，月明星稀，流螢點點。輕音樂《愛在深秋》響起，曲中有愛意，有思念，或有淡淡愁緒。

此時，兩個機械人各自捧出一盆切成一片片的雪梨，讓孩子們品嘗秋天的味道，這是大自然賜給人類的禮物。

「冬天」，主色是雪白艷紅。北風呼嘯，風伯吹響笛子，雲姐送上柔情，大雪紛紛揚揚（噴雪機噴出雪粉），山頭素裹，原野一色；這是考驗生命力的時刻，汰弱留強，生物用盡辦法求生，黑熊在洞裡呼呼大睡以減少代謝，野牛冒著大風雪用前蹄刨挖雪地尋找草根，南極皇帝企鵝擠成一團相互取暖，松鼠拿出牠秋天收藏的堅果……；山坡有人滑雪，雪橇狗拖著雪橇飛奔，室外冰封雪鎖，室內人們歡宴暢飲，義大利名曲《飲酒歌》奏起，滿屋子熱情澎湃，歡樂洋溢。

上述春夏秋冬的四季變化，是以高科技的技術同步進行，讓觀眾在視覺、聽覺、嗅覺、觸覺甚至味覺都有感受的舞臺效果，而所有景象的變幻可以在瞬間完成，四季的全部過程歷時大約一個小時，並且，你可以隨意挑選喜歡的季節，讓自己享受當時的情趣。

【表演廳】的造型和結構，是一個大大的雪糕杯，外面塗上各種顏色組合，讓孩子們一看就知道這是自己心愛的食品。其內部上層是表演場地，下層是兒童積木廳，分三歲到十五的年齡層分開玩，每個部分都有一位阿姨看管守護。

下午三點，婷婷姐姐表演時間。

婷婷姐姐，是樂園的靈魂人物，等於迪士尼樂園的米奇老鼠。事前，樂園已經給婷婷包裝得十分完美，適時的服裝，隨時改變的髮型，簡直就是當代的紅歌星。

小觀眾們和大人們魚貫入場，按規定，這裡是小朋友的主場，坐在大廳中央一排排特意為小孩設計的座椅上，家長沒座位，要站在孩子們後面圍欄之處。

表演開始，帷幕拉開。

婷婷遛狗，她拉著一隻機械小狗，塔拉塔拉地四處溜達。

這時有一個調皮小孩，砰砰砰的走上舞臺，啪的一下關掉婷婷姐姐背後的開關，好傢伙，婷婷立時僵住，舉起的手停留半空，台下觀眾凝住了，一片寂靜。好一陣子，大約兩分鐘，汪，汪，汪汪，汪，機械狗抬頭看著主人，很不耐煩的叫，好像催促主人別停，繼續遛。這時候袁老師經過，向調皮小孩說：「你幹嘛，你幹嘛關了婷婷的開關，沒電，她還能表演嗎？真是，你這調皮鬼！」她打開婷婷開關，婷婷又活動起來，繼續遛狗。台下的小觀眾鬆一口氣，稀里嘩啦的爆發笑聲和喝彩聲。

原來這是約定好的搞笑表演，工作人員找一個男孩，跟他說好，上到舞臺關掉婷婷的開關，並告訴他開關的位置。

會行動的婷婷，拉住小狗，向大家說：「各位親愛的小朋友，你們好，我叫婷婷，今年十五歲，比你們大了一點，所以，你們要叫我做婷婷姐姐。」

「婷婷姐姐！」「婷婷姐姐！」「婷婷姐姐！」……

婷婷姐姐抬頭看看上邊拱形天幕，說：「噢，今天太陽很猛烈，大家是不是覺得有點刺眼？我要調整一下光線。」說完，用手指往上方指一指，「巴拉巴拉，窗簾拉上一點，減弱光線。」果然，天幕上有一幅窗簾緩緩地拉上，室內頓時暗了一些。（相反，如果遇上陰天，她會叫窗簾拉開一些。）

這時候有位小女孩問：「婷婷姐姐，你為什麼要唸『巴拉巴拉』？

是咒語嗎？」

婷婷說：「不是咒語，是我給總部電腦發出的暗號，下次我可能改變暗號，說不定改成『木拉木拉』，嘻嘻。」

很多小朋友叫道：「噢——原來不是巫術。」

這時，袁老師走過來說：「婷婷，聽人家說你很會唱歌，是不是？」跟著將婷婷的牽狗繩拿在手上，說：「我替你把狗拴住。各位小朋友，我們請婷婷姐姐唱歌，好不好？」

臺下一片歡呼：「好！」「好！」「好！」

袁老師將小狗帶進後臺，出來介紹：「婷婷姐姐會唱的歌很多，普通話歌曲有《讓我們蕩起雙槳》、《瑩眸》、《明天會更好》、《樹的四季》；粵語歌有葉麗儀唱的《上海灘》和呂方唱的《彎彎的月亮》；英文歌有 Celine Dion（茜琳・迪安）唱的《My Heart Will Go On》、Andy Williams（安迪・威廉士）的《Feelings》、《Moon River》和 Frank Sinatra（法蘭克・仙納杜拉）的《My Way》，特別是譚芷昀那首《You Raise Me Up》，婷婷姐姐唱得特別好聽動人；她也能用義大利文唱的《O sole mio》，又會用日本話唱申勝勳的日語歌《I Believe》……她除了會唱多國歌曲，還會講多國語言！」袁老師拉著婷婷的手說，「現在我們請她唱一首簡單的民歌，歌名叫做《London Bridge Is Falling Down》（《倫敦橋倒塌了》）。婷婷姐姐，請——」說完，她走到鋼琴邊坐下，準備伴奏。

舞臺的佈景隨之變幻，弧形屏幕放映泰晤士河、倫敦橋、大本鐘、白金漢宮的景象……

London Bridge is falling down
Falling down
Falling down
London Bridge is falling down
My fire lady

令人讚歎的，婷婷的嘴型和歌詞完全一致，她的唱聲清潤響亮，柔和婉轉，簡直有資格做歌星。那當然，因為她的歌聲是從一位著名歌唱家的聲線裡攝取，李思明和幾位電腦專家將之放進婷婷的發聲帶中，其過程之複雜，非我們平凡人所能想像的。

歌曲重複好幾遍，孩子們逐漸學會，跟著唱起來。

唱完《London Bridge Is Falling Down》，婷婷說：「袁老師，我和您一起唱《同一首歌》，好嗎？」袁老師說：「好極了，你做毛阿敏吧。」

袁老師邊彈邊唱：「鮮花曾告訴我你怎樣走過，大地知道你心中的每一個角落。甜蜜的夢啊，誰都不會錯過，終於迎來今天，這歡聚時刻。」

婷婷唱：「水千條山萬座我們曾走過，每一次相逢的笑臉都彼此銘刻，在陽光燦爛歡樂的日子裡，我們手拉手啊，想說的太多。」

鋼琴間奏，重複好幾次，婷婷配合節奏拍著手掌，搖擺著身體，兒童們也跟著做；舞臺的佈景隨之變化，燈光伴隨著夢幻般的圖案柔慢地閃動。

婷婷唱：「星光灑滿了所有的童年，風雨走遍了世界角落。」

兩人合唱，婷婷唱主旋律，袁老師唱和音：「同樣的感受，給了我們同樣的渴望，同樣的歡樂，給了我們同一首歌。」

婷婷唱：「陽光想滲透所有的語言，風兒把天下的故事傳說。」

合唱：「同樣的感受給了我們同樣的渴望，同樣的歡樂給了我們同一首歌，同一首歌——」

歌曲重複一遍，繞梁三日，太好聽了，兒童們全都融入醉人的氛圍裡。

唱完，袁老師從鋼琴凳子站起，說：「婷婷姐姐唱完歌了，好不好聽？」

「好聽，好聽！」

「她跳舞也十分精彩的，不如請她跳給我們看吧。」

舞臺又在變幻著，碧波蕩漾，綠草青青，一隻天鵝媽媽帶著孩子游著。

婷婷從衣帽間出來，一身芭蕾舞打扮，她演《天鵝湖》四隻小天鵝其中一隻。柴可夫斯基的樂曲響起，袁老師彈得輕快，那是一段許多人會哼的小調子，婷婷更跳得美妙，她的腳尖居然挺立得很到家，迎來所有人熱烈的掌聲。常言說，臺上一分鐘，臺下十年功。真正下的功夫，是那些幕後電腦專家，他們為了婷婷的舞蹈，嘔心瀝血，日夜操勞。

跳完，婷婷說：「今天我一個人跳，不好玩的，我希望有好些小女孩快去學跳芭蕾舞，將來做四隻小天鵝其中三隻，跟我一起跳。」

袁老師在旁邊助興，說：「有哪位小姑娘想去學芭蕾舞的？請舉手。」

很多女孩紛紛舉手。

跟著，揚聲器響起琵琶的樂曲，正是「間關鶯語花底滑，幽咽流泉水下灘。」婷婷進入衣帽間換衣服，卻從上層的舞臺出現，一條樓梯緩緩地從天花板降下，中國古典少女婷婷，輕搖著扇子，優雅地漫步下來，幾個伴舞者伴隨著，在下層舞臺上，跳起中國的《扇子舞》。她漫舞輕姿，身軀如水般流動於彩雲當中，猶如詩句「楚腰纖細掌中輕」的東方仙子，一束束光影效果雲朵，飄浮於小觀眾之間，小朋友紛紛用手去抓，但抓不著。

舞蹈一環的節目，東西方文明，落實到現實之中。

舞跳完，婷婷和伴舞者謝幕，袁老師又出來調節節目，說：「婷婷，你想改變一下節目嗎？」

「是的，我想展示展示人類給我做的衣服，希望小朋友喜歡。」

袁老師宣佈：「時裝表演開始——」

這時，一道長條形的表演天橋由舞臺緩緩伸出，婷婷成了時裝模特兒，並有十多位男孩女孩一起表演，他們連續換了好幾次時裝，有些得體端莊，有些活潑爛漫，有些適合宴會時候穿，有些要在旅遊時候穿等等，時裝非常配合婷婷的身材，漂亮極了。

有個打扮很時髦的女孩站起來喊道：「我爸是時裝設計師，叫他給你設計衣服！」

婷婷說：「謝謝你爸爸，他在哪？」

「喏，後面那個高個子，戴著鴨舌帽的。」小女孩往後面猛力地指著。

高個子伸出兩臂：「婷婷，我們約好時間，我非常樂意為你服務。」

周麗秋也站起來叫道：「我也會設計時裝！」

一陣熱烈掌聲……

袁老師又出來了，這位司儀也想表演一下：「我有很多好聽的故事，比如說，《大灰狼》啦、《賣火柴的小女孩》啦、《孫悟空和牛魔王》啦……」她邊說邊做動作，有時候作灰狼狀，有時候扮孫悟空，「哪位小朋友聽過的，請舉手。」

孩子們紛紛舉手，喊道：「我聽過，我聽過。」

「婷婷，你會講嗎？」

「會的，比《一千零一夜》還要多。」

「真好，請講吧。」

表演天橋縮進舞臺，地臺上卻升起一個約四十公分高的圓形平臺，婷婷就站在眾孩子中間，距離拉近了。她連續地講了好幾個故事，舞臺背景也因應劇情而跟著變動，加強營造氣氛。孩子們聽得津津有味，大家甚至配合故事情節互動起來，情緒高漲，場面哄動。

袁老師很會掌握時間分寸，宣佈：「由於時間所限，現在我們請婷婷姐姐回答小朋友的問題。」

婷婷解答小朋友許多問題，比如說，小朋友問她：「你從哪裡來的？」她說：「我來自Korea，但已經移民中國，我是十足十的Chinese girl。」小朋友接著問：「你吃什麼的？」「我吃電。」小朋友又問她：「你會寫字嗎？」「會，請看螢幕我的墨跡。」螢幕上打出婷婷寫的楷體和篆體。

有個大男孩提出一個只有大人才會問的問題：「你會傷害人類嗎？你會變成殺人機器嗎？」婷婷略停了一下，表情有點不自然，但柔聲地說道：「絕對不會，人類造我的時候，已經設定了我的基因，就是說，我必須保護人類，這條規章是無法逆轉的，再說，我是人類創造的地球上第四類物種，我有什麼理由傷害人類呢，是嗎？記住了，大個子BB。」她略為停頓一會，繼續說道，「大家都知道，人類有紅種人、黃種人、白種人和黑種人，現在多了一種人——藍種人，那就是我！」（注：地球四大物種，第一類植物，第二類動物，第三類人類，第四類機械人。）

跟著，問題排山倒海。再多的問題都不是問題，婷婷從容不迫地回答。

「你會不會像我爸一樣開車？」「我還沒有駕駛執照。」

「你有沒有男朋友？」「現在沒有，將來，說不定。」

「我有兩粒糖果，給你一粒，喏。」小女孩說完，真的把糖果遞過去。

「你會游水嗎？」「我不能下水。」

「你喜歡吃什麼水果？」「我只吃電。」

周皓秋自以為心算很棒，喊道：「請問，3265乘2430等於多少？」他趕快拿手機算答案。不消一秒鐘，婷婷一秒鐘就有答案：「9733950。」

「你會不會變魔術？」「不會，人類學魔術很難，我更難。」

「你敢不敢坐過山車？」「還沒坐過，但我會試試。」

「冬天你怕冷嗎？」「不怕。」

「你會發夢嗎？」「發夢是人類的專利。」

「請你到我家作客，我媽要用什麼菜招待你？」「不用做菜，謝謝。」

「晚上你幾點鐘睡覺的？」「我睡覺由人類決定。」

「我家有三隻小貓咪，送你一隻，要不要？」「謝謝了，我沒空照顧。」

……

孩子們把婷婷當成真人了。

這時，有個小男孩突然叫起來：「婷婷姐姐，我要尿尿……」

「哈哈哈！」「哈哈哈！」哄笑是必然的。

提問題時候非常熱鬧，小朋友都會搶著舉手發問，通常是由婷婷來指定，但情況混亂的時候，傅老師從旁指揮，由她來指定某小孩提問。

（注明：在尚未演出之前期，婷婷必須面對很多小朋友來做訓練，讓她熟練地分辨問題內容和簡要地解答的方法，這叫做 Robot training。比如說，要是有人問某某科學家是哪一個國家的人，電腦的數據庫會有很多有關這位科學家的資料，他的年齡、他的家人、他的科學成就等等，都會被省去，只做簡單的回答，他是某某國的人。）

我們且看看她是如何解答小朋友問題的。

所有項目表演完畢，有位工作人員上臺，關掉婷婷的開關，把她僵直的身體搬走，又引來一陣哄笑。

然而，陳秀婷親眼看到這情景，心潮洶湧，眼眶濕潤，人類真是不可思議，怎麼可能將一個死物變成活生生的人物，是哪一門子腦筋，會創造這個世間奇跡，李思明啊，你不愧於我們的栽培，給樂園創造了這樣神奇的中心人物。

陳秀婷想著想著，不自覺的跟著孫兒們走到旅舍區。

他們參觀旅舍區各種有趣的建築物，因為路程稍遠，要坐電動車。

一進旅舍區閘口，就會看見穴居人的洞穴，遠古年代人物全部用木膠製造，塗上顏色，男人生火燒食物，石頭砌的爐子，裡面有乾樹枝樹葉，爐下有灰燼，三角叉吊著一塊肉；女人在製作皮衣，孩子們在玩耍。一幅兒童畫上寫著：「我們祖先的生活多麼艱苦啊。」

電動車到旅舍盡頭，他們下車，順斜坡而下，參觀各種房屋。

整個旅舍區有如智利長條形的領土形狀，從北到南約 185 米，寬 55 米，佔地約 11000 平方米，容納了四十幾種不同形狀的建築物。

一條小山溪，順著山坡的斜度蜿蜒地流過房子周邊，好像在刻意照顧房子似的。小溪沿岸大大小小的石頭擺放自然得體，混體苔蘚，泉水清澈見底，魚兒們不慌不忙地游著。溪水遇上河床高差，還會發出不同的音調，滴滴答答，叮叮咚咚，時而像木琴，時而像敲鈴，悅耳好聽。四周樹木交錯，花草叢生，各種小昆蟲在忙碌著，住客悠閒地散步或聚會，偶有小橋聯通河畔，不其然地形成「小橋流水」的境界。這個人造的「氧吧」，空氣新鮮甜美，讓人心曠神怡，感到這裡不是旅舍而是不吃人間煙火的仙境。

陳秀婷設計的多種房子，雖然外觀各有各的獨特形狀，但裡面的面積和設備基本相同，所以能用 Mass production（批量生產）的方法建造，造價也就便宜得多了。

她參照了大郵輪的房間設計，儘量地壓縮空間，畢竟遊客住宿時間很短，每天只是睡幾個小時而已，可是內部裝飾卻非常講究，現代酒店的設備應有盡有，而且每個房子都以一個事物為中心，比如【蘋果屋】，外形就是一隻掛在樹上的大蘋果，房間裡的裝飾也以蘋果為主題，牆壁有淺浮雕的蘋果樹，床單、枕頭都有蘋果的圖案；【貓咪屋】外形是一間貓舍，裡面的裝飾也以貓為中心，貓圖案的牆紙和地毯，貓雕刻的台燈，貓形的小沙發。他們利用多媒體互動投影技術，加上李思明的設計，把每間客房做成了生氣盎然的地方。比如，住進 T17 房間，鋼化玻璃之內有一隻萌狀十足的布偶貓，孩子用手掌拍一下鏡框裡的貓咪，這貓就會說人話，做出一些有趣的動作來逗小孩開心，時不時會嗚咪叫一聲，懶洋洋地玩耍跳動的小球等等；【水母屋】外形更妙，用環氧樹脂做成的海洋，包圍著幾隻大水母，它們高低地浮沉在海水之中，一束束尼龍魚絲，活像水母的觸手……這些奇葩小屋，構成旅舍區特有的景象。

最後他們來到一座山崖旁邊，那是一幅近乎九十度的峭壁，上面鑲嵌著好幾座房間，像一個人在窗戶上伸出大半個身子，情景驚險，要是在夜裡看，這些房子就像漂浮在夜空中的明珠，周麗秋驚訝地喊道：「奶奶，山壁上沒有道路，住客們怎麼上去呀？」陳秀婷說：「你們猜猜看。」

周皓秋說：「用攀爬繩索，像爬山隊員攀山。」周麗秋說：「他們坐直升機上去的。」陳秀婷不言不語地帶著兩個孫兒，徑直地來到石壁上的一個電梯門前才說道：「我帶你們去那些房間參觀。」出了電梯，走在一條沿著山壁建造的棧道行走，陳秀婷說：「客人們在山崖肚子裡輕鬆地步行到達房間，還能欣賞這裡的景色。」果然，二十米下面是七彩繽紛的溶洞，鐘乳石佈滿山洞的頂部，石筍石柱林立，一潭淺水如一方綠寶石，鑲嵌於大石盤上。陳秀婷說：「這是擬生態的溶洞，分不出真假。」他們仨參觀了玻璃房子，站在裡面，仿若懸身於空中。周麗秋說：「看一下可以，我可沒膽量在這裡睡一個晚上。」

剛剛遊覽完旅舍區，他們路上遇見一家四口，一個約莫四五歲的小孩哭鬧著：「爸爸，我要住這些房子，嗚嗚嗚……我要住我要住……」另外一個女孩也準備加入嘈鬧，兩位父母不知所措，不斷安撫誘哄，沒轍。陳秀婷走過去，問道：「請問，你們發生什麼事哦？」那位年約三十的男人說：「我們小孩要住進那些房間，可是我沒預定，六點前我們就要離開這裡，所以他鬧。」那位媽媽說：「這裡的房間都滿了，我們今晚只能回酒店了。」陳秀婷說：「那麼下次先定好房間再來。」那位媽媽又說：「我們從很遠地方來的，好不容易。」孩子還在鬧，哭聲越來越大，還鬧得「典地」呢（就是坐在地上不斷的蹬腳和挪屁股）。陳秀婷拉著兩個孫兒到遠一點地方，說：「把我們的房間讓給他們，免得那個小小孩哭壞了身體，好嗎？」周皓秋扭開臉，不太願意，周麗秋卻說：「沒問題，不過我們今晚住哪兒？」陳秀婷說：「我們住帳篷，那也是好玩的地方，是真正的露營哦，燒烤場就在旁邊，我們開個篝火會，燒烤之後鑽進帳篷睡覺，多好。」孫們說：「那好吧。」陳秀婷說：「Kitty，你代表我們去說。」三人來到那家人跟前，周麗秋說：「小朋友，別哭了，我們決定把房間讓給你住。」那家人聽了，高興得跳起來，那女孩說：「真的嗎？是真的嗎？」周麗秋說：「我騙你們幹嗎，我們房間是一間【狗狗屋】，是我奶奶按照我們家的史納莎樣子設計的。」那小小孩好像吃了止哭藥，立即停止哭聲，他們全家人齊聲說：「謝謝，太謝謝你們啦。」於是一行七人，大步流星地往前走到 T16 號【狗狗屋】，陳秀婷打電話叫常安安過來協助此事，不消幾分鐘，常安安坐著無人駕駛電動車來了，先向總台說了轉房的事，然後帶新住客去總台改變音紋。事情解決，那男人將房費通過手機轉帳給陳秀婷。

他們租好帳篷，常安安也過來幫忙，將三人帳篷豎立在小山溪旁邊，安安說：「今晚你們會睡得很甜，潺潺流水聲是你們最佳的催眠曲，我回去了，晚安。」

陳秀婷對孫兒們說：「你們看，那個安安多能幹，小小年紀，每個月拿到三千工資，其實，她是很辛苦的，有些住客迷了路，找不到房間，總台三更半夜也會叫醒她去幫忙，所以大家都認為這工資是值得的，她是你們學習的榜樣。好吧，我們先去小賣部買好燒烤的材料，準備今晚燒烤，晚餐就解決了。」周皓秋說：「太好了，不要忘記買蜜糖哦。」周麗秋說：「牛油也很重要，烤玉米少了它就不好吃，還有，要買一把掃蜜糖的刷子。」陳秀婷奇怪地問：「你沒去過燒烤，怎麼知道那麼多的常識？」周麗秋說：「聽老師說的，我也上網查。」

燒烤物資一共買了 235 元，陳秀婷說：「我不想你們做伸手派，我們 AA 制。」周皓秋說：「沒事沒事，235 除 3，每人 78.3 塊人民幣，等於港幣 92.3 元。」他心算一流，五年級學生給一個一年級學生補習綽綽有餘，賺了點錢，所以說話很有底氣，周麗秋說：「我手機沒錢了。」陳秀婷說：「賒借免談，對不起，今晚你只好餓肚子囉。」周皓秋說：「妹妹，這次我贊助你，下不為例喔。」

晚上，他們坐在篝火前，篝火發出嗶嗶噗噗的聲音，微風吹散燒烤的香味和炊煙。近十點鐘了，燒烤結束，篝火餘燼還有點紅光，點起蠟燭，陣陣晚風吹得燭光搖曳，樹影憧憧，遠處探射燈的光束劃破長空。偶爾，煙花給墨藍天空添上圖案，傳來陣陣歡呼聲，留宿的遊客晚上可以欣賞鐳射打在牆上的燈光景象和音樂噴泉表演。這是夢幻而又真實的情景，多麼浪漫。這時候，婆孫們各有各的感受和想法，陳秀婷回想起中學時曾經去過露營，那時候露營很粗糙，一頂帆布帳篷就是了，哪有現在這麼多花樣，噢噢，很久很久的事啦，當時還有個男生想追求自己呢……想著想著，突然給周麗秋的聲音打碎了昔日的夢：「嫲嫲，以後我要住進這裡的全部房子，每一間都要試一試。」陳秀婷定一定神，說：「好呀，不過我雖然是股東，住旅舍也要付錢的，沒有特權，你要用自己儲蓄的錢來支付宿費。」周麗秋伸了伸舌頭，她自問沒有支付能力，於是又問：「奶奶，我們可以去別墅的天臺游水嗎？」陳秀婷說：「不可以，我們不是那裡的住客。」周麗秋說：「那麼下星期我們去住。」陳秀婷說：「好的，請你拿出一萬二千元來交房租。」周麗秋說：「嘩哈，天哪，一個晚上要萬多塊？你騙我。」周皓秋說：「這有什麼奇怪的，杜拜的帆船酒店最貴的要一萬八千美金一天。」這時候，傳來何老太太的聲音：「Popeye 說得對，好貴好貴的哦。」陳秀婷說：「雲姐，近十點了，你來幹嘛，還不休息？」何秀雲說：「安安告訴我你們在這，所以特意來看看兩個寶貝。」陳秀婷說：「再繼續話題吧，我們樂園別墅的房間之所以貴，因為，裡面有位傭人，他跟婷婷姐姐同屬於地球的第

四類物種，這是我們的賣點。」周皓秋說：「我知道，那是人形的智能機械人，日本人石黑浩是首創者。」陳秀婷摸著麗秋的頭，柔聲地說：「你哥哥知識面比你廣得多。」周麗秋還是不答應：「你是老闆，為什麼不能去游水？何奶奶也不能去嗎？」何秀雲說：「是的，我也不能例外。」陳秀婷說：「這是樂園定下的規矩，無規矩不能成方圓，誰都不能破壞，你們日後凡事都要遵守規矩，我相信你們一定做得到。」兩個孫兒聽了，覺得是道理，說：「我們一定聽兩位奶奶的話。」陳秀婷突然問道：「你們看了我的這些作品，有沒有感覺到少了一樣東西？這也是我心裡很大的遺憾。」大伙兒搖頭問：「是什麼？」陳秀婷說：「少了一間會飛的房子！」周皓秋說：「現在汽車也會飛，就是房子不能飛。」陳秀婷娓娓動聽地說：「你們想象一下，會飛的房子，載著我們去到很多地方，這時候，分不清是家帶著我們走還是我們開著家走，只要符合條件，我們可以住高山，住草原，住湖畔，住海邊，哈哈，我們從冬天的環境一下子換到夏天的氛圍，從詩意般的霧靄川河搬到朗日當頭的海灘……」何秀雲大聲地讚歎：「多麼大膽和浪漫的創意，世界因此而進步。」麗秋一下改變了她平時的傲慢，懇求地說：「那麼，奶奶，你趕快設計一間吧。」陳秀婷調整了坐姿，聲調提高幾度：「沒那麼容易，比汽車飛天要難上幾百倍。」周皓秋說：「是的是的，比如推動力的能源問題、房子的造價問題、空中交通管制問題等等。」陳秀婷略帶哀愁地說：「理想是豐滿的，現實是骨感的，唉，我的時間不夠，來日無多，Popeye，你來接我的班吧，好不好？」皓秋說：「好！到時我將邀請李思明哥哥合作，完成您的使命。」陳秀婷伸出右手，和皓秋對拍一下：「你行，祝你成功！」

這些鼓勵的話語，讓皓秋心懷感激，也想起最近老師教的一首英文歌《*You Raise Me Up*》，他帶頭唱，其他人也跟著唱：

You raise me up, so I can stand on mountains.
You raise me up, to walk on stormy seas.
I'm strong, when I'm on your shoulders.
You raise me up to more than I can be.

中譯：

您鼓勵了我，挺立在峻嶺之巔
您鼓勵了我，勇闖於風暴浪尖
我一路壯大，是依賴您的雙肩
您鼓勵了我，超越自我永向前

正當他們唱得入神，外面傳來許多孩子聲音，聽到有大人叫喊：「同學們，我們到樂園了，請遵守諾言，守規矩，現在是遊客在旅舍睡覺時間，大家必須保持安靜。」周麗秋問：「這麼晚了，為什麼還有遊客？」陳秀婷說：「這是特別遊客，從老遠山區來的學生，原本應該六點到的，可能路上塞車，遲了幾個小時。」兄妹二人說想去看看，陳秀婷說：「別去，明天你們碰口碰面的都是這些學生，這次大概有兩百多吧。今晚全體員工出動，安排他們吃的住的。」周皓秋問：「他們有優惠嗎？」何秀雲說：「全部免費，我們為貧困山區的兒童做點好事，以後，我們將會經常做這些善舉。」

第二天旅程的上午，在不同層面的立體泳池嬉水和游泳，消磨了很長時間，給他們帶來驚喜和樂趣，淺水池的蘑菇形帽子有泉水汩汩地流下，懸在半空的小飛象會間歇性地噴水，有幾個間歇性地彈出水球的噴頭，小遊客都會冷不防地被淋得滿身是水；深水池有水上沙發，小孩可以隨便爬上去躺著，又有一條滑水道，周皓秋膽子較為大一點，從管子溜滑下去，他想逼妹妹去玩，但是周麗秋死也不敢。

周麗秋要哥哥一起去人造沙灘玩堆沙，周皓秋說：「不去，那是兩三歲小孩的玩意兒，我才沒興趣呢。」

玩水之後，他們參觀遺漏項目，他們又走進看似破破爛爛的土坡屋，原來裡面是一間非常現代化的酒店客房；如果要參觀完所有客房，非得幾天不可。

參觀完畢，他們仨在兒童餐廳吃午餐，一點三十分，陳秀婷送孫們坐上專車，自己留下陪何秀雲幾天。

說說兒童餐廳吧，分兩層，下層一個六角形是自助餐廳，另一個是廚房，經螺旋梯上去，上層佔用兩個六角形的面積，是一般餐廳，食物全為兒童而設。由機械人姐姐送來食物，這些「姐姐」，其實是一條傳送帶，她們走路順著軌道，雙手捧著食物盤來到你跟前，要你自己去拿盤子，這就和以前看到的婷婷姐姐是兩回事了，前者動作簡單，狀如布偶，不會說話，木無表情；後者有如真人，鶯聲滴滴，笑態嫣然，動作俐落，嬌媚動人，這是李思明故意設計的，對比之下，婷婷姐姐顯得更為突出，他說：「人有聰明和愚蠢之分，機械人也有。」

尾聲

何老太太就這樣在樂園定居下來，她已經把這地方當成安老院了。

她的日常生活，既充實又愉快。

這是她夕陽時期最光輝燦爛的時刻，她記得一位老友給自己的贈言：昔日浮沉如煙雨，且將夕照化晨曦。

早上，她必然衣著光鮮，打扮整齊，容光煥發，滿頭銀絲般白髮，更讓她散發超凡脫俗的另類光芒。

她捧著一小盆麵包蟲加點碎米去餵小雞，林村那一幕又暖暖地浮現眼前；到杜鵑花山坡的石板路上，伸一伸懶腰，動一動手腳，絲毫不顯老態龍鍾；她看著女工們澆花淋樹，剪枝鬆土；撫摸走到身邊的小鹿小羊，再給牠們一點吃的；看著師傅們把一隻隻恐龍搬出來並作調校，師傅的神態有如小孩對待心愛的玩具；有時候常安安會來到她跟前，一邊給她捏捏肩膀，一邊說些好消息……八點五十分，印傭推著輪椅，把她送到門口，她盼望樂園趕快開門，孩子們如潮水般湧進來，一張張天真無邪的笑臉，嘰哩呱啦的叫喊聲，大群生蹦活跳的身影，已經令她無比享受，笑容像鮮花般綻開，感覺自己童年歲月那種缺失已經得到補償。六時離場，她一定在門口，讓每個小遊客都收到一份她私人掏腰包的禮包（內有糖果和文具），禮包的正面是婷婷姐姐的大頭照，背面有兩行字：

愛心　大自然愛我　我愛大自然

開心　常常開心笑　天天不吃藥

餘音裊裊，印記漣漣，小遊客必然記得這段美好歡樂時光，以後一定會重臨此地。

她和陳秀婷成功辦成了樂園，周皓秋自動地弓著屁股讓老奶奶打三百大板，說：「奶奶，奶奶，以前我說錯了，對不起。」何秀雲說：「哈哈，用什麼來打好呢？Aniter，Aniter，拿雞毛掃過來，要是沒有，大木板也可以。」周麗秋求情說：「奶奶，就饒了他一次唄，要不然，我和哥哥分開打一百五十，好不好？好不好嘛？」邊說邊搖著何秀雲的手臂撒嬌，陳秀婷站在旁邊不做聲，陰陰嘴笑著，她當然知道那是何秀雲在裝模作樣，Aniter 也明知道 Mom 是開玩笑的，自然不會拿雞毛掃過來。過了一會，何秀雲拉著兩個活寶貝到身邊，動情地親了他們一下說：「小傻瓜，奶奶疼你們疼得入心入肺，怎捨得打，再說，打小孩是犯法的，我會做嗎？」

其間她的兒子，兒媳婦，孫子孫女好幾個，回來看望她一次，這次家庭團聚非常美滿，特別是兒媳婦 Jennifer Lee（珍妮花・李，中文名字叫李苑蘭），從當初反對她的計劃到如今大力擁戴她的成果，仿若兩人。

經過律師辦理好俗稱「平安囑」的預立遺囑（Advanced directives），何老太太深深明白「生不帶來，死不帶走」的道理。

何老太太佔樂園股份 51%，按當時樂園每股市值由 3.6 漲到 10.87 元計算，她的資產金額將是十一億元過外。她把樂園八成約九個億的股份連同香港物業留給子孫，其餘兩成大概也有兩億多點，適當地分配給她屬意的人群，比如老柯、袁靜樺、陳靈慧、李思明、常安安、王勇、朱少鳳及周家兩個活寶貝等約十來人，所謂雨露均沾，應該得到利益的人都有份，而兩成中最大的一份，給了常安安，這真是出人意表，意味著年紀小小的安安將擁有幾千萬元身家，有人說，這是小姑娘「命好」的緣故。

其實，個中有不為人知的秘密，是何老太太一次無意之中發現常安安拿著碎米去餵小雞，竟然和她幾十年前在林村餵小雞時候的情景一模一樣——用手指輕輕推著比較瘦弱的小雞去吃米，情景令她哭了，靈魂的代入感，何老太太把常安安當成了當年林村的小姑娘。

圖畫篇
遊樂區

General plan
for
Xiuxiu kidland

總平面圖

33

圖註

1. 主入口
2. 商店前小廣場
3. 售票處
4. 舊玩具文具收集處
5. 熊貓園
6. 兒童商店
7. 旅舍總台
8. 商店雜物間
9. 兒童餐廳
10. 餐廳垃圾站
11. 自動駕駛車停泊區
12. 入閘機
13. 迎賓廣場
14. 無障礙天橋
15. 空中走廊
16. 規劃中建築物預留地
17. 紅鯉魚魚池
18. 划艇碼頭
19. 花果山水簾洞
20. 孫悟空雕像
21. 雕像公園
22. 小賽車車道
23. 公廁（三個）
24. 緊急出口（三處）
25. 齒軌火車第一站
26. 齒軌火車第二站
27. 齒軌火車第三站
28. 齒軌火車第四站
29. 玫瑰園
30. 仙女散花場地

31. 員工宿舍
32. 員工戶外運動場
33. 小賣部
34. 污水處理池
35. 鍋爐房
36. 溫棚
37. 恐龍館
38. 旋轉木馬
39. 八大行星場地
40. 表演廳
40a. 玩具館
41. 碰碰車場
42. 通訊館
43. 交通館
44. 能源館
45. 仙人掌館
46. 鳥居
47. 魚館
48. 青蛙池
49. 家禽飼養場地
50. 家畜飼養場地
51. 滑板場
52. 休息站
53. 杜鵑山坡
54. 火箭山
55. 消化系統人口
56. 攀石場
57. 水底觀魚廊
58. 彎曲堤壩
59. 水晶橋

60. 湖畔休息處
61. 旅舍區（詳情見另表）
62. 攀爬場及中式涼亭
63. 穴居人洞穴
64. 路心花島
65. 露營區
66. 露營區洗漱處
67. 燒烤場
68. 小賣部
69. 旅舍區污水處理站
70. 旅舍區主入口
71. 水井
72. 主樓西翼
73. 主樓
74. 主樓東翼
75. 屋脊上大屏幕
76. 東翼首層的濾水設施
77. 更衣室及沖身處
78. 人造小沙灘
79. 淺水池（幼童）
80. 深水池
81. 錦鯉池
82. 未來酒店預留地
83. 飛索站
84. 園區邊界線
85. 彩霞村公園
86. 行人道

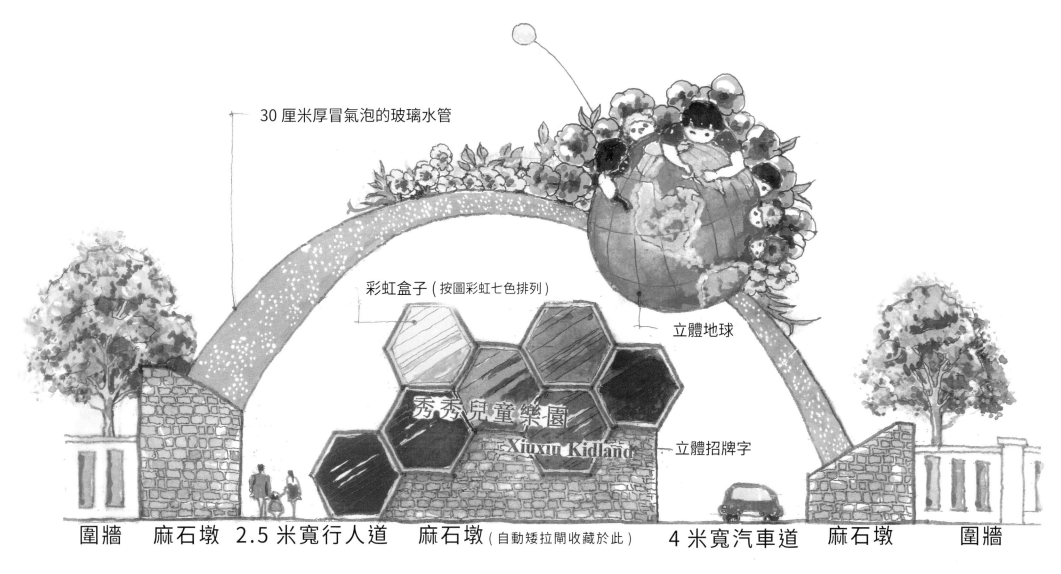

30 厘米厚冒氣泡的玻璃水管

彩虹盒子 (按圖彩虹七色排列)

立體地球

立體招牌字

秀秀兒童樂園
Xiuxiu Kidland

圍牆　　麻石墩　2.5 米寬行人道　　麻石墩 (自動矮拉閘收藏於此)　　4 米寬汽車道　　麻石墩　　圍牆

正面

門樓

背面

門樓

熊貓園

攀爬場

兒童商店

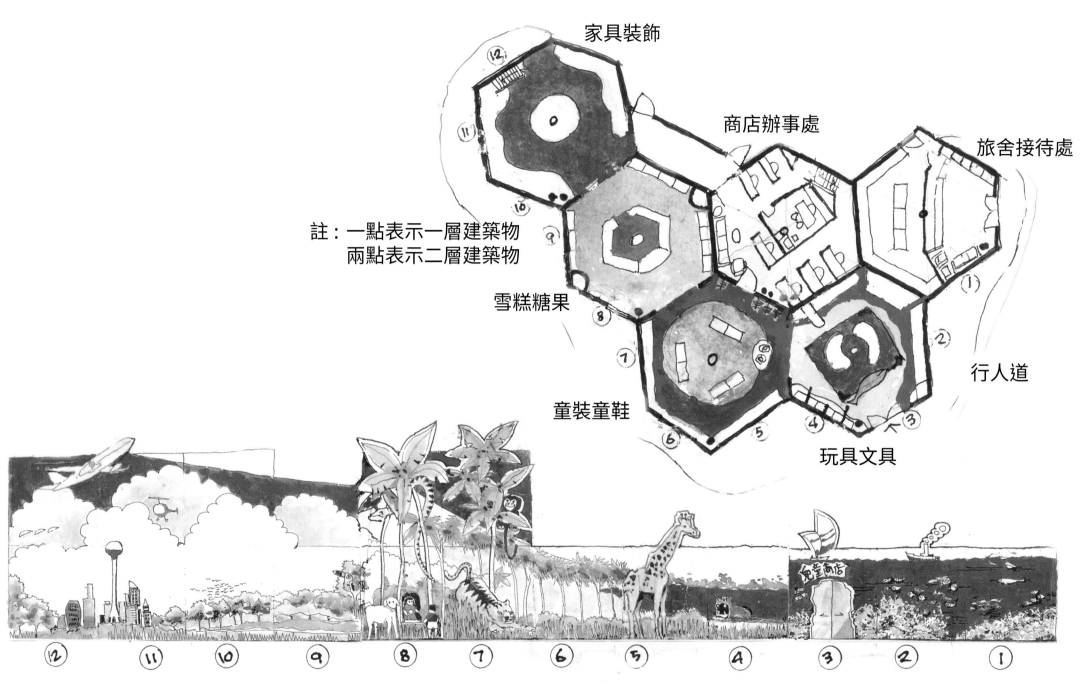

家具裝飾

商店辦事處

旅舍接待處

註：一點表示一層建築物
　　兩點表示二層建築物

雪糕糖果

行人道

童裝童鞋

玩具文具

外立面（十二幅外牆展平圖）
商店外牆：1-3 以海洋為題
　　　　　4-8 以陸地為題
　　　　　9-12 以天空為題

兒童商店

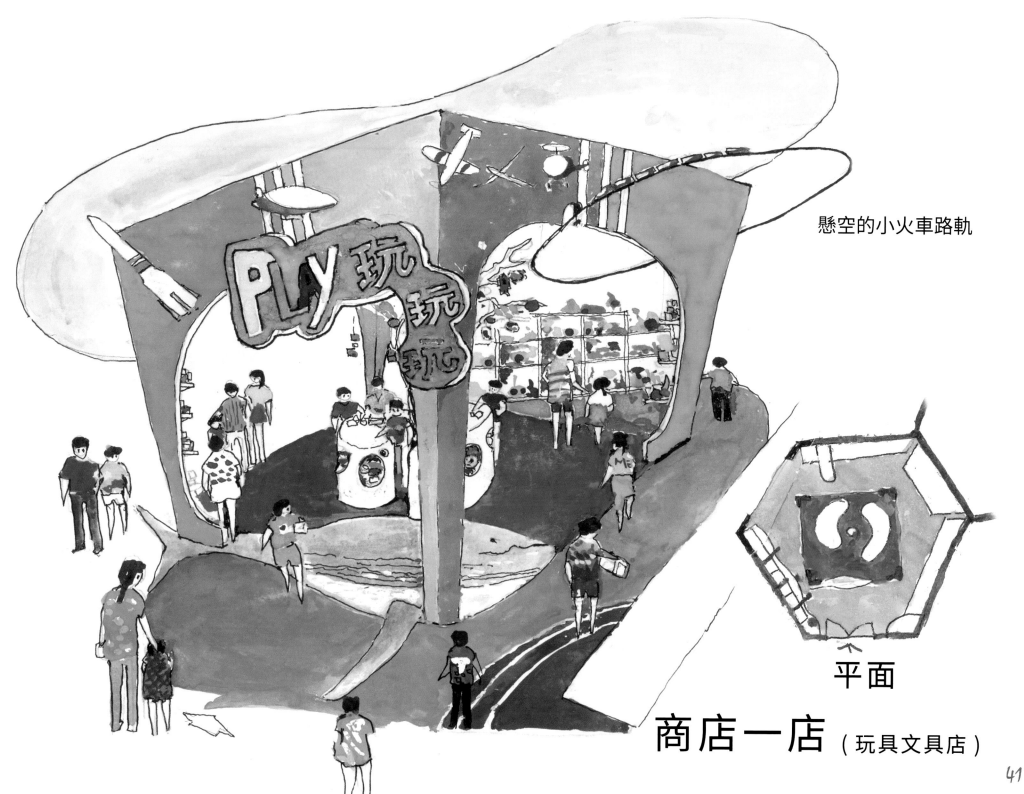

懸空的小火車路軌

平面

商店一店（玩具文具店）

41

平面

商店二店 （童裝童鞋店）

商店三店 （雪糕糖果店）

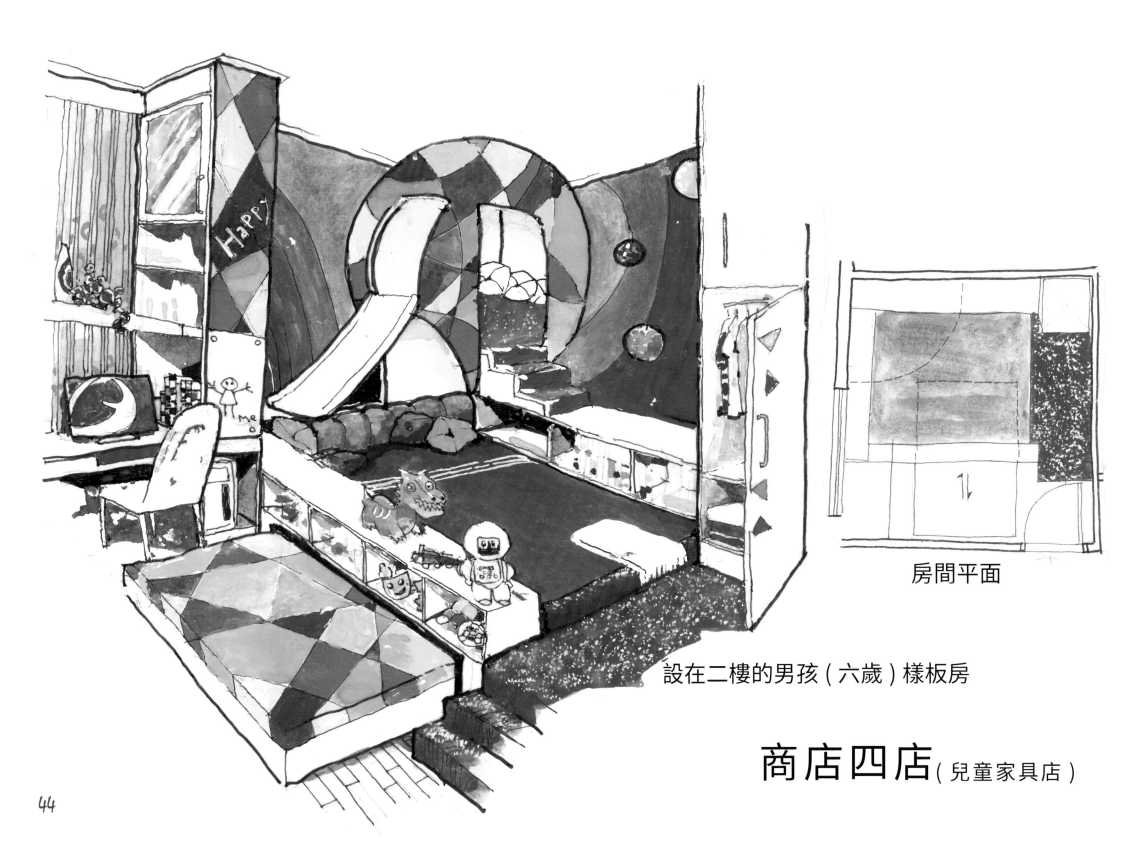

房間平面

設在二樓的男孩（六歲）樣板房

商店四店（兒童家具店）

44

消防梯

自助餐廳

魚池

螺旋梯

廚房

食物電梯

首層平面

餐廳

兒童餐廳

二層平面

機械人服務員上菜啦！

餐廳內觀

迎賓廣場的奇景

朗日當頭照　色彩顯紛繽
會飛的花朵　蝴蝶小精靈
佇立石墩上　禮貌好婷婷
廣場多熱鬧　全靠機械兵
蜈蚣捉蟑螂　消除討厭精
蜜蜂很忙碌　甜甜送嘉賓
兔子蹦蹦跳　時常得冠軍
狗狗說人話　還學會請請
灰狼高聲叫　百里傳高音
袋鼠袋中崽　格外母子情
棕熊大力士　拉動兩千斤
野豬五口子　四處找食勤
人類與機械　和諧一家親
婷婷喊句話　機械就收兵

迎賓廣場

47

迎賓廣場一角

蜈蚣捉蟑螂　消除討厭精

蜜蜂很忙碌　甜甜送嘉賓

迎賓廣場

機械動物與小朋友互動

迎賓廣場一角

兔子蹦蹦跳　時常得冠軍

狗狗說人話　還學會請請

迎賓廣場

機械動物與小朋友互動

迎賓廣場

機械動物與小朋友互動

迎賓廣場一角

灰狼高聲叫　百里傳高音

袋鼠袋中崽　格外母子情

迎賓廣場一角

棕熊大力士　拉動兩千斤

野豬五口子　四處找食勤

迎賓廣場

機械動物與小朋友互動

迎賓廣場

列車共三節，每節有八行座位，每行三人，共乘 24 名
遊客，滿員 72 名，全部列車就有 288 名遊客在遊覽。

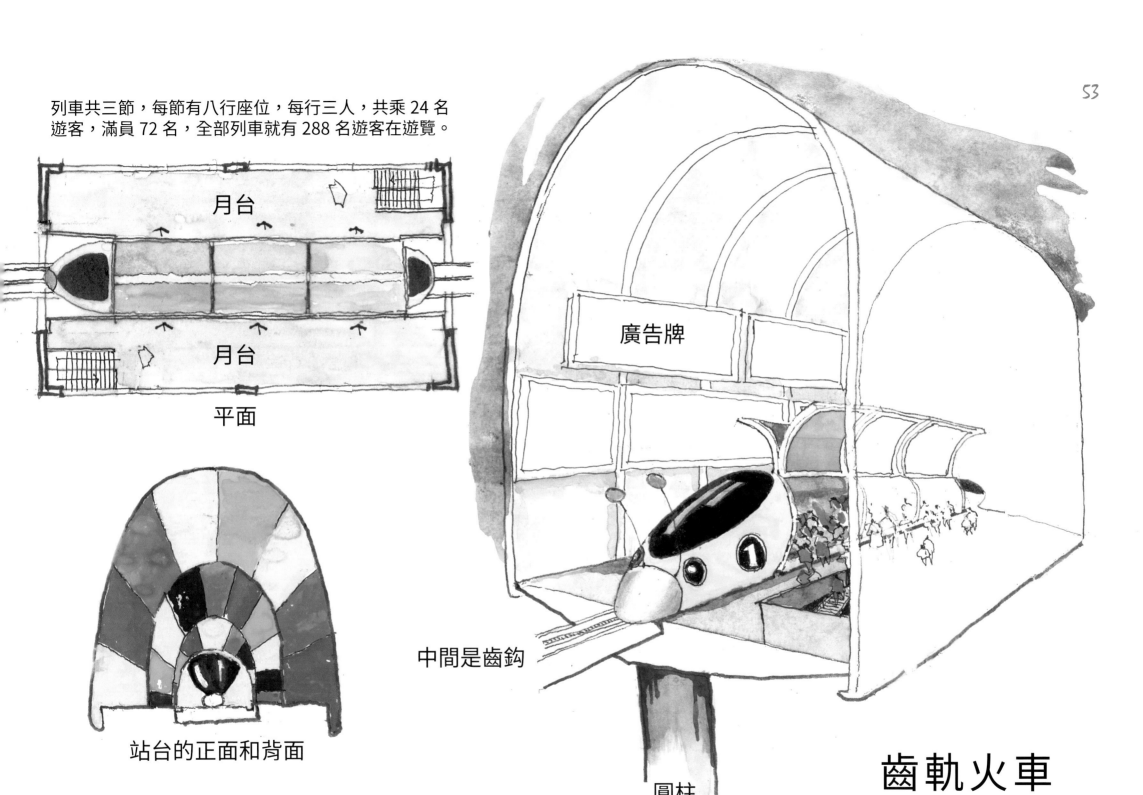

月台

月台

平面

站台的正面和背面

廣告牌

中間是齒鈎

圓柱

齒軌火車

（第一站：始發和終點站）

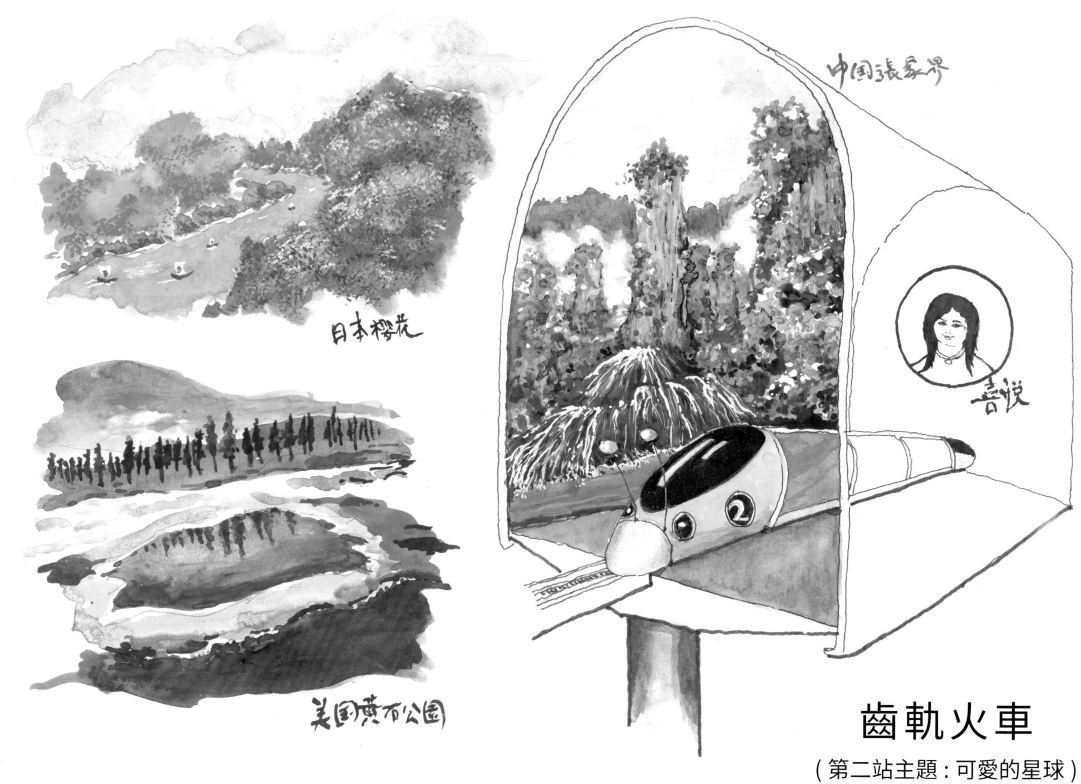

日本櫻花

中国张家界

喜悦

美国黄石公园

齒軌火車

(第二站主題：可愛的星球)

54

龍捲風

大洪水

火山爆發

驚悚！

下面是大型動物的住所

齒軌火車

（第三站主題：地球哭了）

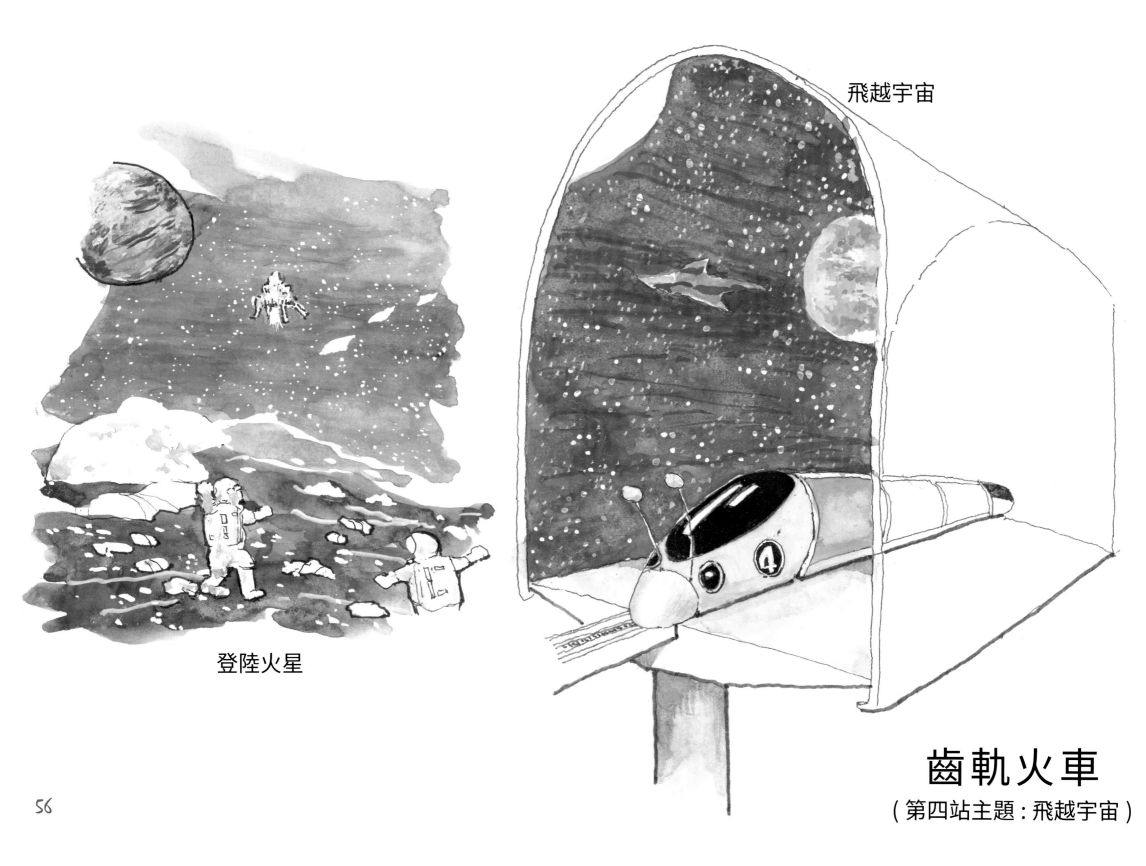

飛越宇宙

登陸火星

齒軌火車

（第四站主題：飛越宇宙）

丹霞地貌
（包括花果山和水簾洞）

水簾洞

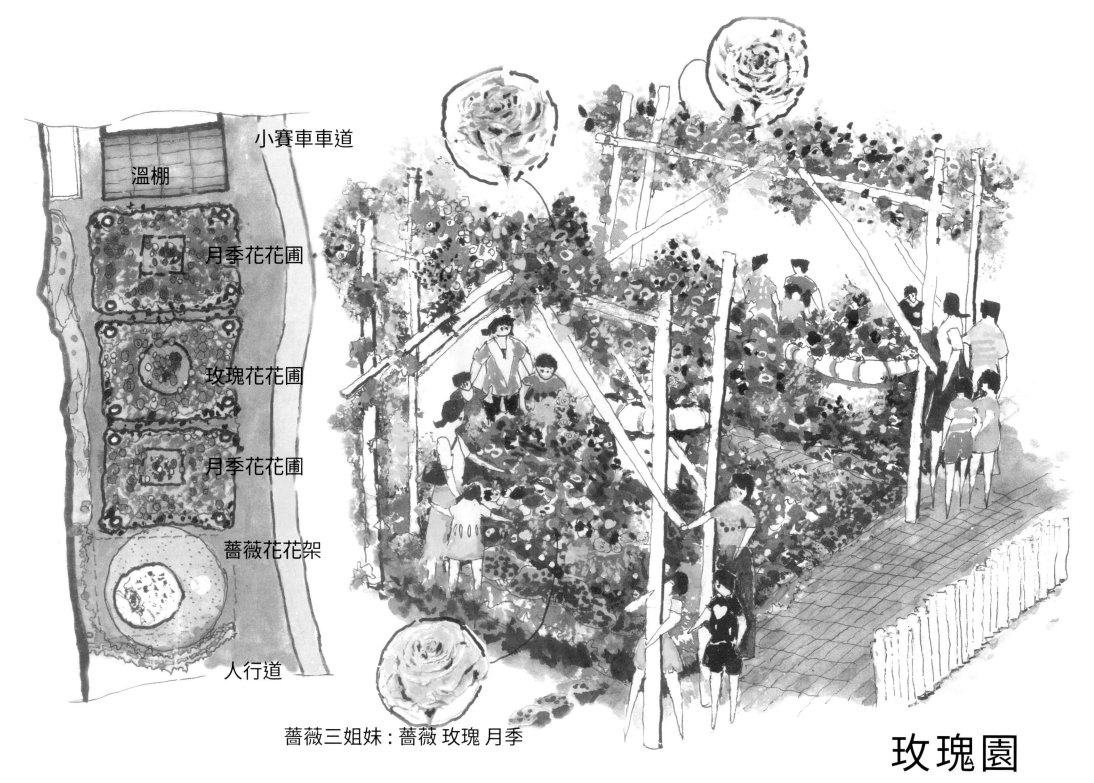

小賽車車道

溫棚

月季花花圃

玫瑰花花圃

月季花花圃

薔薇花花架

人行道

薔薇三姐妹：薔薇 玫瑰 月季

玫瑰園

仙女散花場地

藏在地坑裡的氣泵（鼓風機）向上
吹風，讓人造乾花在空中飛舞，營
造仙女散花的氛圍。

60

恐龍館

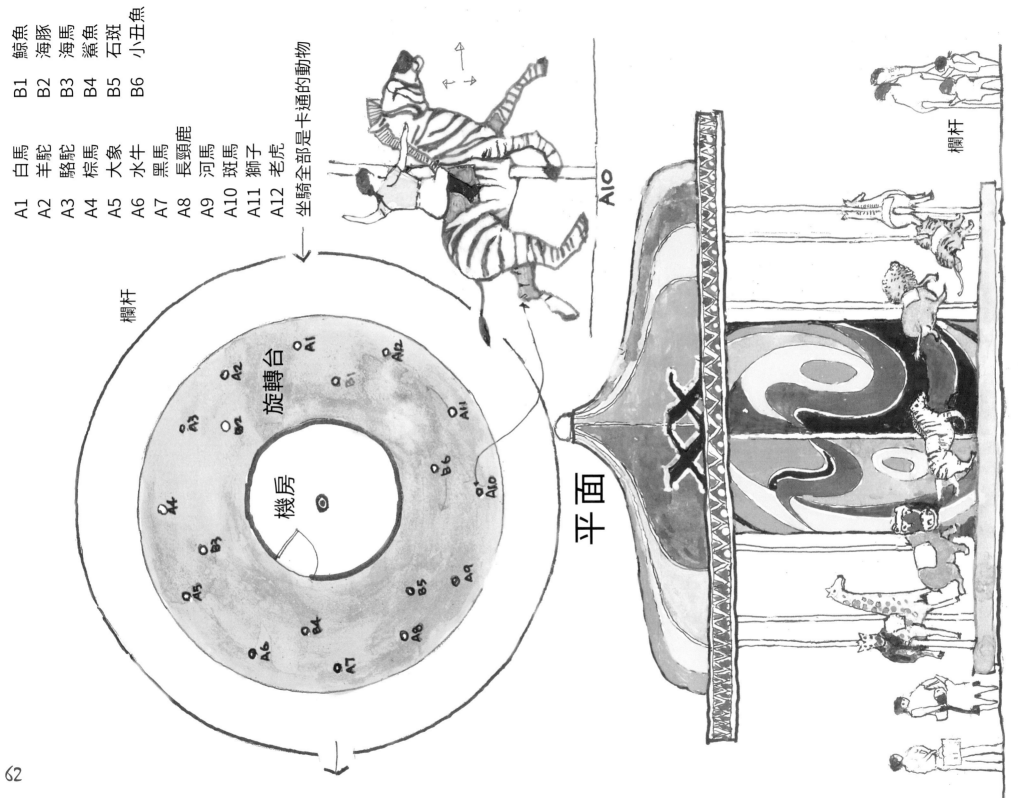

旋轉木馬

欄杆

A1 白馬　　B1 鯨魚
A2 羊駝　　B2 海豚
A3 駱駝　　B3 海馬
A4 棕馬　　B4 鯊魚
A5 大象　　B5 石斑
A6 水牛　　B6 小丑魚
A7 黑馬
A8 長頸鹿
A9 河馬
A10 斑馬
A11 獅子
A12 老虎
坐騎全部是卡通的動物

A10

欄杆

旋轉台

機房

A1
A2
A3
A4
A5
A6
A7
A8
A9
A10
A11
A12
B1
B2
B3
B4
B5
B6

平面

正面

兒歌

八個小球球	繞著大球轉
身體分大小	走路各有樣
嘿嘿喲喲喲	喲喲嘿嘿嘿
七個不宜居	地球是好地方
球兒疊羅漢	驚險又好看
小個兒不害怕	大個兒穩穩站
三二幺幺幺	幺二三三三
上面滑下來	大夥兒就分散

八大行星

63

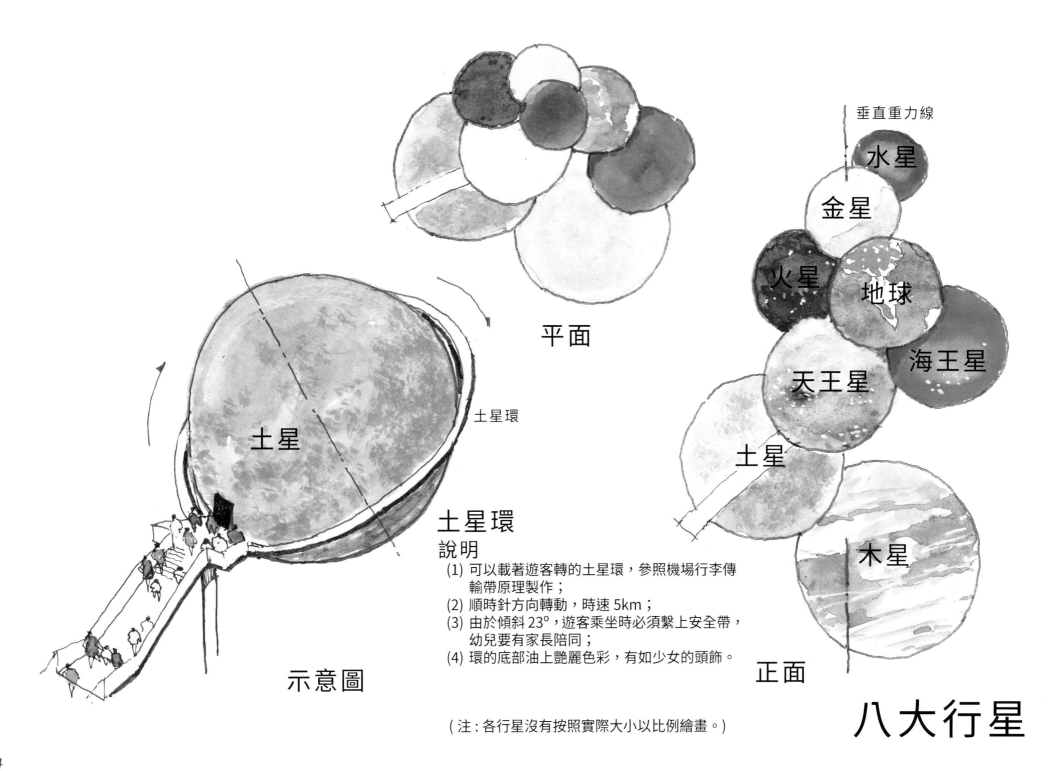

平面

土星環

土星

土星環
說明
(1) 可以載著遊客轉的土星環，參照機場行李傳輸帶原理製作；
(2) 順時針方向轉動，時速 5km；
(3) 由於傾斜 23°，遊客乘坐時必須繫上安全帶，幼兒要有家長陪同；
(4) 環的底部油上艷麗色彩，有如少女的頭飾。

示意圖

（注：各行星沒有按照實際大小以比例繪畫。）

垂直重力線

水星

金星

火星

地球

天王星

海王星

土星

木星

正面

八大行星

64

外觀　　　　　玩具館位置　　　　表演廳

婷婷姐姐講故事

我要跟醜小鴨玩

婷婷姐姐 我想拉一拉你的手

婷婷姐姐 你講的故事太好聽了

醜小鴨以後會變成白天鵝的

婷婷姐姐 我給你一百分

表演廳內觀

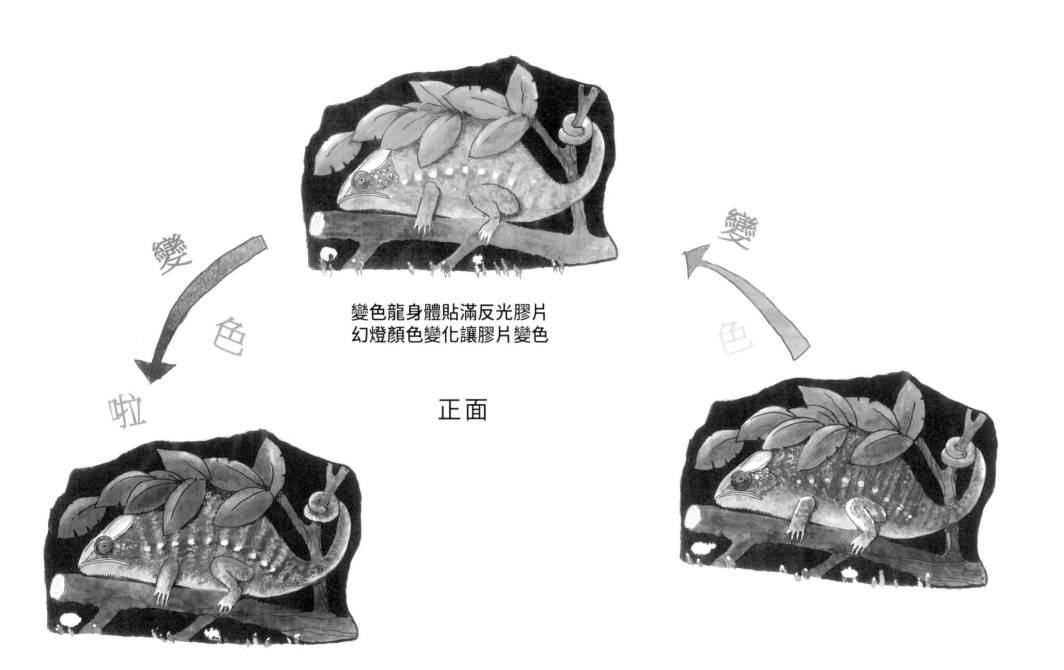

變色龍身體貼滿反光膠片
幻燈顏色變化讓膠片變色

正面

變色龍形態的外觀

玩具館

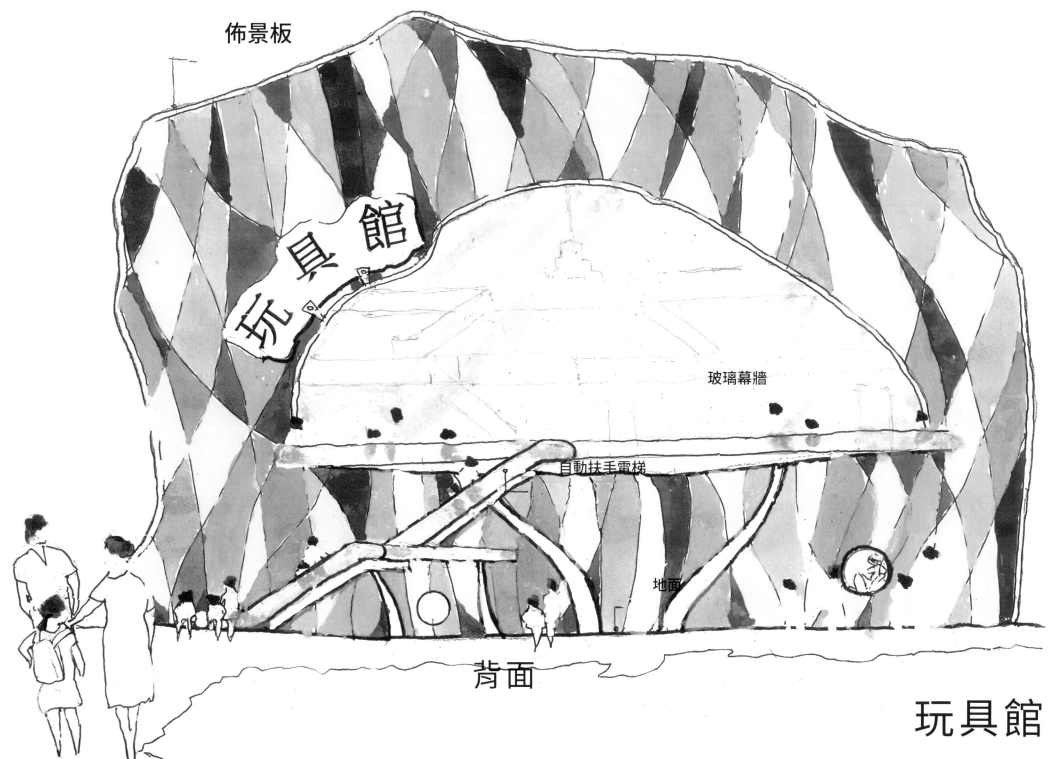

佈景板

玩具館

玻璃幕牆

自動扶手電梯

地面

背面

玩具館

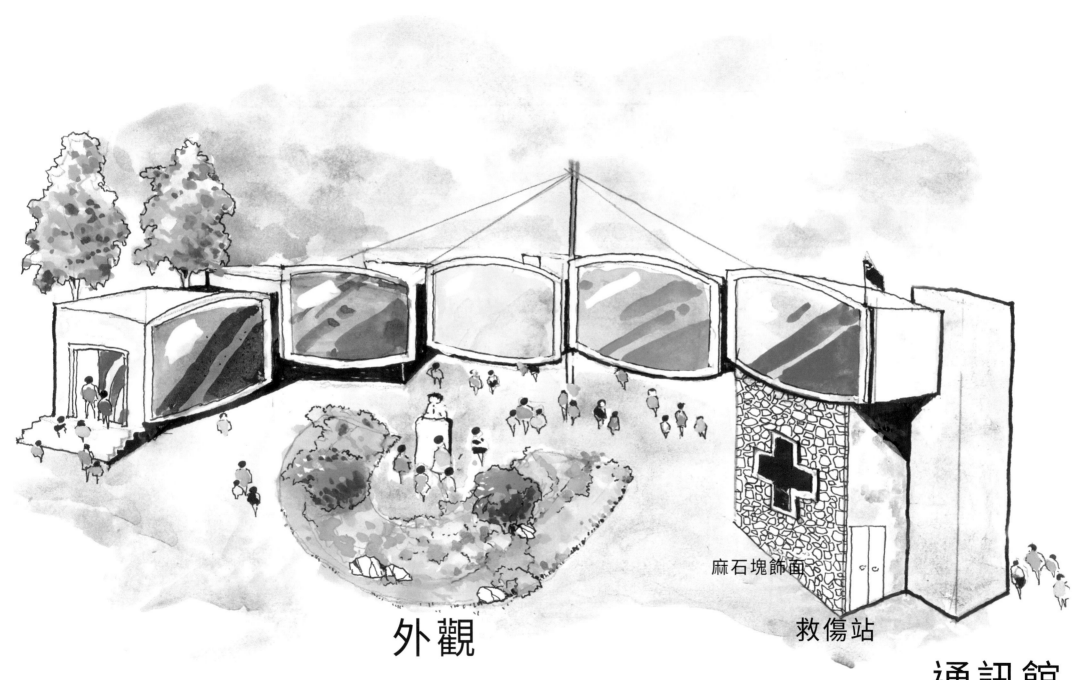

外觀

麻石塊飾面

救傷站

通訊館

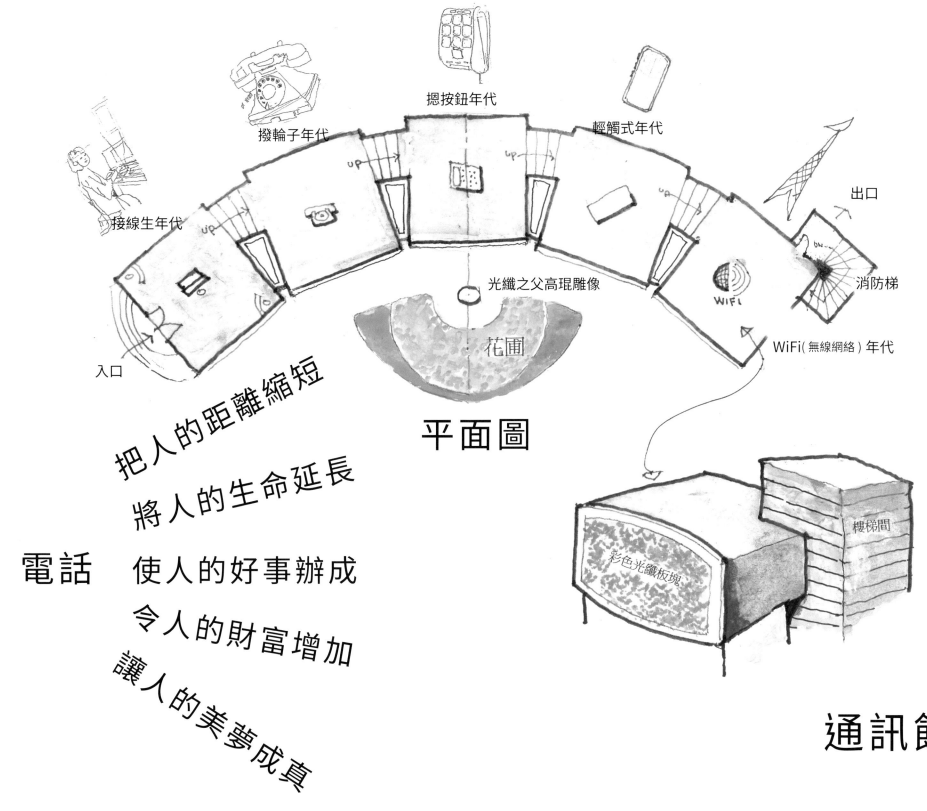

接線生年代

撥輪子年代

摁按鈕年代

輕觸式年代

出口

光纖之父高錕雕像

花圃

消防梯

WiFi（無線網絡）年代

入口

平面圖

把人的距離縮短

將人的生命延長

電話　使人的好事辦成

令人的財富增加

讓人的美夢成真

彩色光纖板塊

樓梯間

通訊館

交通館的外形為一艘大郵輪
是一座大型的佈景板（按比例縮小）
內部有三層 分別展示海陸空
三維空間的交通工具

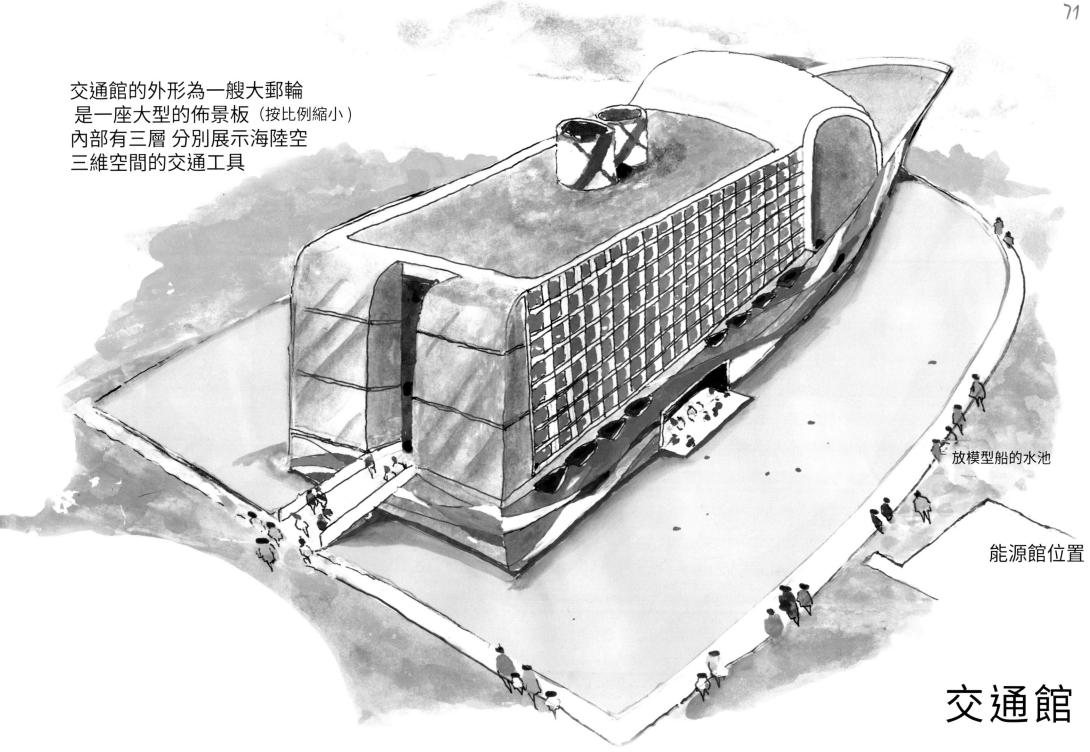

放模型船的水池

能源館位置

交通館

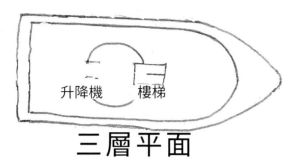

三層平面

展示空中交通工具 由萊特兄弟發明的飛機到太空船

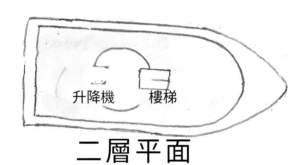

二層平面

展示陸地交通工具 由馬車人力車到磁力懸浮高鐵

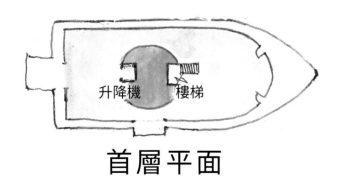

首層平面

展示水上交通工具 由獨木舟帆船到萬噸級郵輪

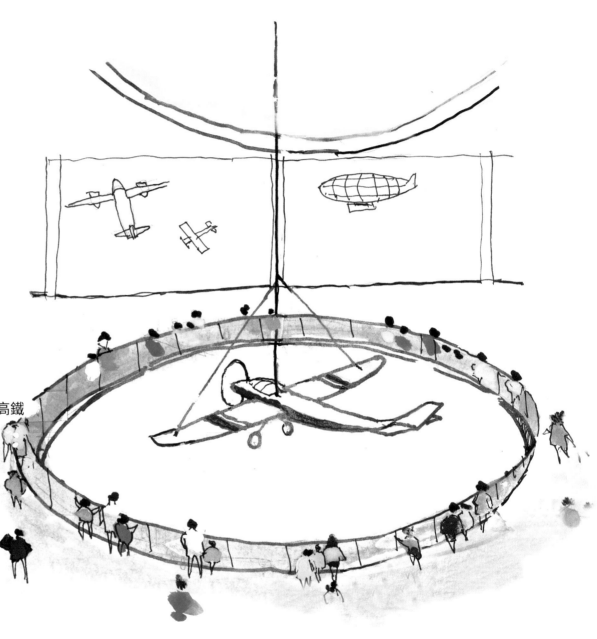

交通館

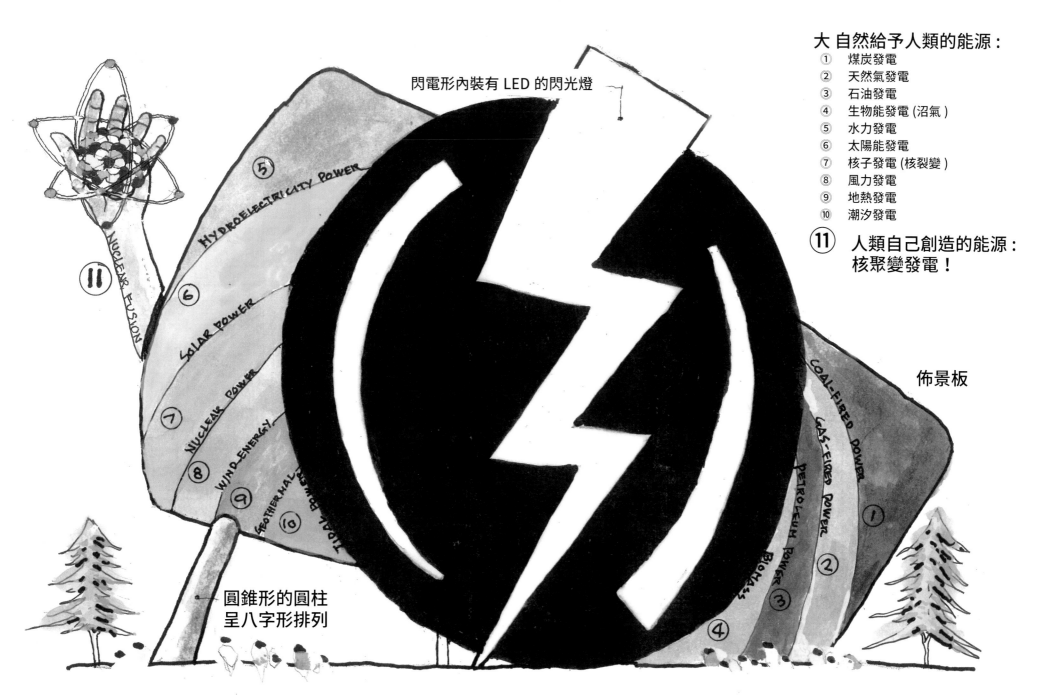

閃電形內裝有 LED 的閃光燈

大 自然給予人類的能源：
① 煤炭發電
② 天然氣發電
③ 石油發電
④ 生物能發電 (沼氣)
⑤ 水力發電
⑥ 太陽能發電
⑦ 核子發電 (核裂變)
⑧ 風力發電
⑨ 地熱發電
⑩ 潮汐發電

⑪ 人類自己創造的能源：
核聚變發電！

佈景板

圓錐形的圓柱
呈八字形排列

正面 面向南面

能源館

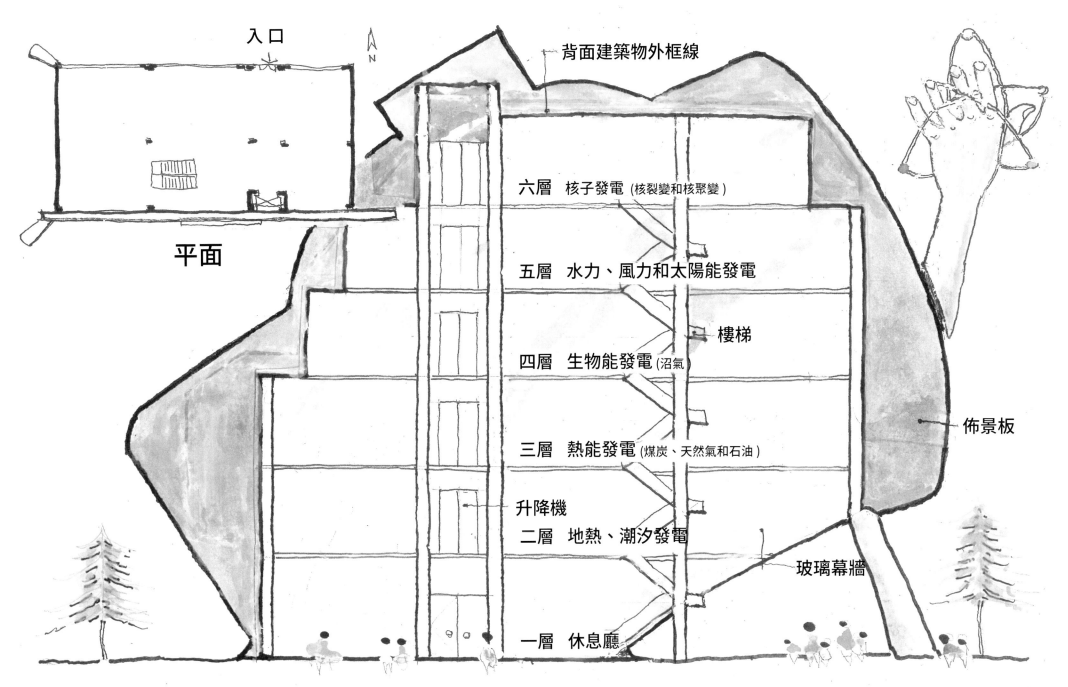

入口

平面

背面建築物外框線

六層　核子發電 (核裂變和核聚變)

五層　水力、風力和太陽能發電

樓梯

四層　生物能發電 (沼氣)

佈景板

三層　熱能發電 (煤炭、天然氣和石油)

升降機

二層　地熱、潮汐發電

玻璃幕牆

一層　休息廳

能源館

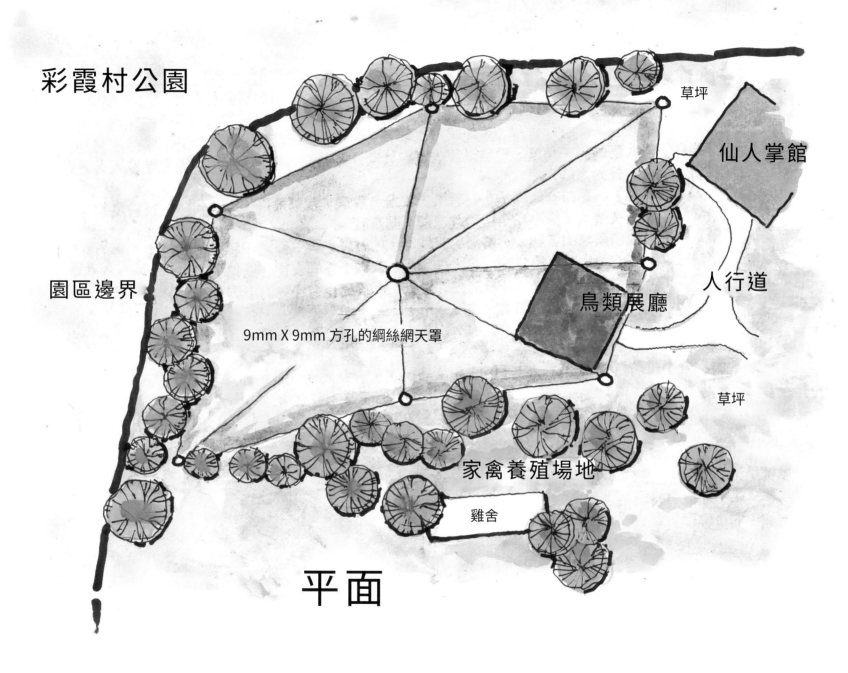

彩霞村公園

仙人掌館

草坪

園區邊界

人行道

9mm X 9mm 方孔的綱絲網天罩

鳥類展廳

草坪

家禽養殖場地

雞舍

平面

鳥居

銅絲網圍欄
泥地或草坪
水禽水池
木天橋
耳室
觀鳥台
耳室
鳥類展廳
人行道
木天橋
泥地或草坪
鳥食糧倉
鳥舍內部平面

人造犀鳥

灌木叢

人造楠木

人造金剛鸚鵡

灌木叢

千山鳥飛絕
萬徑人蹤滅

唐 柳宗元

鳥居內觀

魚館

魚館飼養
1、日本錦鯉（長缸）
2、熱帶觀賞魚（短缸）
3、中國金魚（短缸）
4、泰國鬥魚（塑膠缸單獨分隔）
5、金龍 銀龍（短缸）
6、食用淡水魚（長缸）
7、海水魚連活珊瑚（長缸）

魚館內觀

火箭山

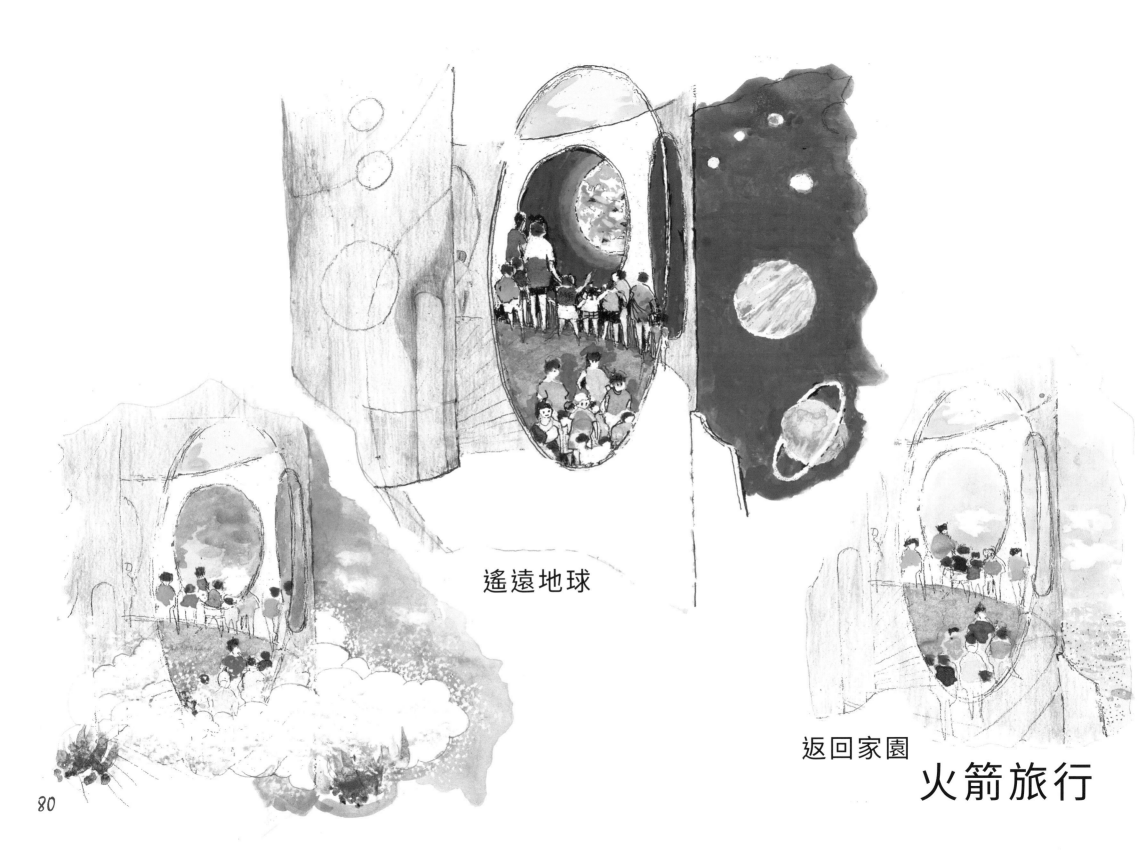

遙遠地球

返回家園

火箭旅行

杜鵑花（舊歌）

淡淡的三月天
杜鵑花開在山坡上
杜鵑花開在小溪旁
多美麗啊⋯⋯啊⋯⋯
像村家的小姑娘
像村家的小姑娘

杜鵑山坡 81

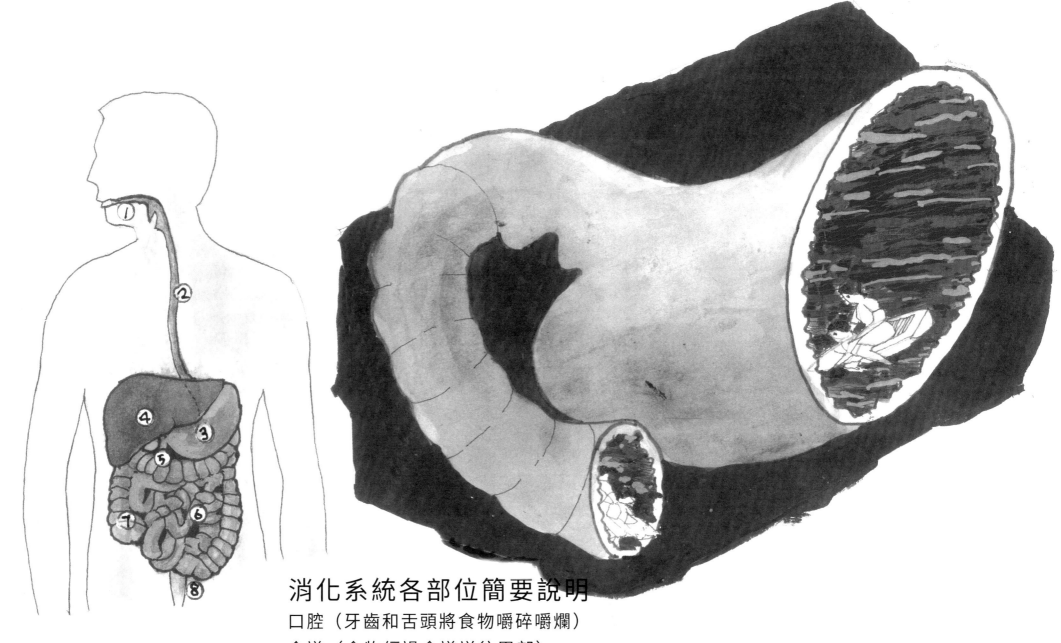

消化系統各部位簡要說明

口腔（牙齒和舌頭將食物嚼碎嚼爛）

食道（食物經過食道送往胃部）

胃囊（食物磨爛成漿狀給小腸吸收）

肝臟（儲存營養的食庫）

膽囊（分泌膽汁幫助消化）

小腸（吸收營養由血液送往肝臟）

大腸（吸收食物殘渣的水分）

直腸（殘渣經過肛門排出體外）

消化系統 （胃部）

主樓（外觀）

古舊的外觀，蘊藏著現代與未來的
內涵，昨天、今天和明天，串連成
一條歷史的長線，永續，延綿。

編號說明

72、主樓西翼
73、主樓
74、主樓東翼
75、屋脊上的大屏幕
76、束翼首層設置濾水設施
77、更衣室、廁所和沖身處
78、人造小沙灘
79、淺水池（幼童）
80、深水池
80a、水上沙發
80b、迂迴形滑道

主樓（周邊設施平面）

詩

樹の四季

春

春樹塗抹鵝黃 嫩芽初露鋒芒
小鳥枝頭築新巢 田野百花香
婉轉黃鶯細語 翩翩蝴蝶飛放
春神姍姍蓮步 穿著新衣裳

夏

夏樹滿枝涵碧 濃葉不再寧靜
雨後芳草綠如茵 珠光點點明
疊疊青山閃亮 彎彎溪水流清
山前山後桃李 放眼皆美景

冬

冬樹掛滿風鈴 世界玉潔冰清
雪花紛飛白凌凌 瑞雪兆太平
風伯吹嚮笛子 雲姐送上柔情
今朝今夕人間 相對笑盈盈

秋

秋樹披上金衣 莊稼一片烙黃
大雁列隊往南飛 蟲兒結繭忙
農夫秋收冬藏 內心充滿期望
中秋禮品共享 闔家喜洋洋

主樓

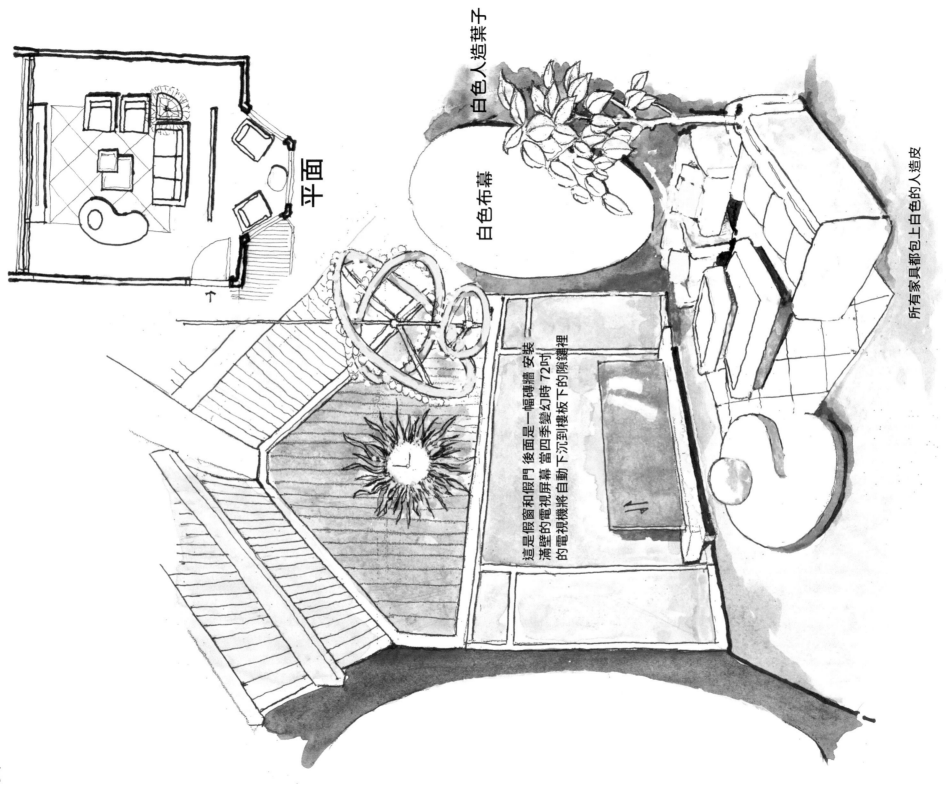

平面

白色人造葉子

白色布幕

這是假窗和假屏門 後面是一幅磚牆 安裝滿壁的電視屏幕 當四季變幻時 72吋的電視機將自動下沉到樓板下的隙縫裡

平時狀態

所有家具都包上白色的人造皮

主樓四季廳

主樓四季廳

繁花盛放 春風得意 馬蹄疾

春季 觀眾想在哪一個季節得到

視覺 電視屏幕播出有關畫面 幻燈機投射
全方位的身心感受 瞬間如願

相關圖景音樂播放輕音樂《天堂鳥》
相關圖景燈光打出鵝黃嫩綠的色調

嗅覺 香水噴灑機自動噴出初春的氣味
聽覺 背景音樂播放輕音樂《天堂鳥》

觸覺 空調機送出 18°C 的溫度
噴霧器將噴出迷朦的霧靄

上列四種情形將同步進行

千帆競發 浮潛親探水晶宮

主樓四季廳

夏季 觀眾想往哪一個季節得到
全方位的身心感受 瞬間如願

視覺 電視屏幕播出有關季節
相關圖畫 燈光打出淡藍、深藍和彩綠的色調

聽覺 背景音樂播放交響曲《藍色多瑙河》

嗅覺 香水噴灑機自動噴出海洋的氣味

觸覺 熱風機送出 32°C的溫度
上列四種情形將同步進行

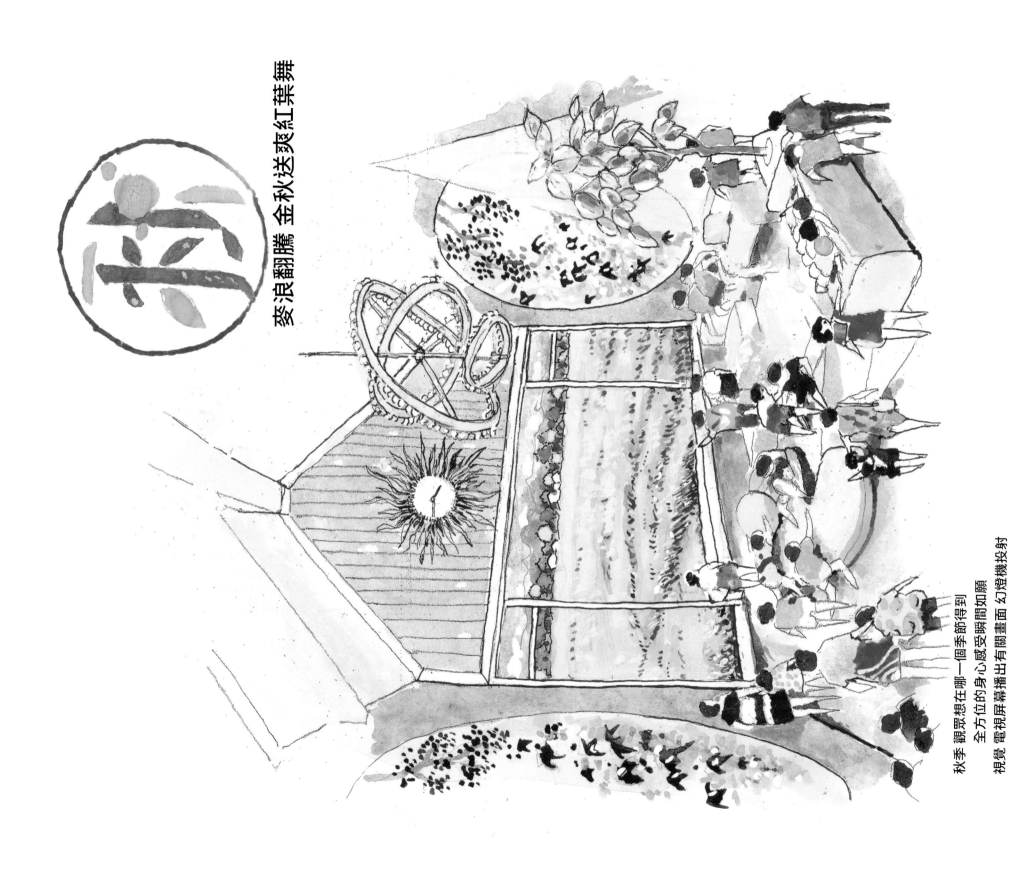

主樓四季廳

麥浪翻騰 金秋送爽紅葉舞

秋季 觀眾想在哪一個季節得到
全方位的身心感受瞬間如願
視覺 電視屏幕播出有關畫面 幻燈機投射
相關圖畫 燈光打出金黃鐵鋪的色調
聽覺 背景音樂播放輕音樂《愛在深秋》
嗅覺 香水噴灑機自動噴出麥田的氣味
觸覺 空調機送出 21°C的溫度
上列四種情形將同步進行

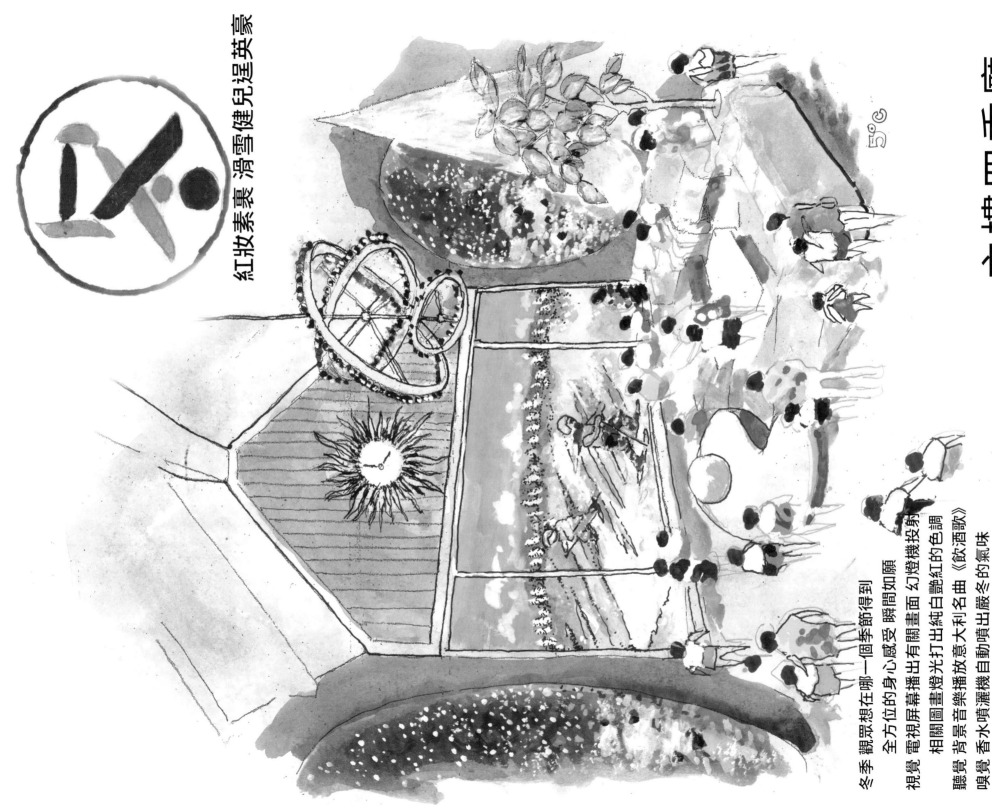

主樓四季廳

紅妝素裹 滑雪健兒逞英豪

冬季　觀眾想在哪一個季節得到
全方位的身心感受　瞬間如願
視覺　電視屏幕播出有關畫面　幻燈機投射
相關圖畫燈光打出純白艷紅的色調
聽覺　背景音樂播放意大利名曲《飲酒歌》
嗅覺　香水噴灑噴出嚴冬的氣味
觸覺　製冷機送出5°C的溫度
上列四種情形將同步進行

草明
畔溪清
豔橋水
花上氣
澗泉創
涼殘笑
涼手不
斑求停
處帶
斑處
藍樂諾
藍玩轉
青濃
青濃

橋一

小橋流水

91

勿勿　年華　花落去　幽咽　泉流　水下灘

橋二

小橋流水

橋四

橋三

小橋流水

橋六

橋五

小橋流水

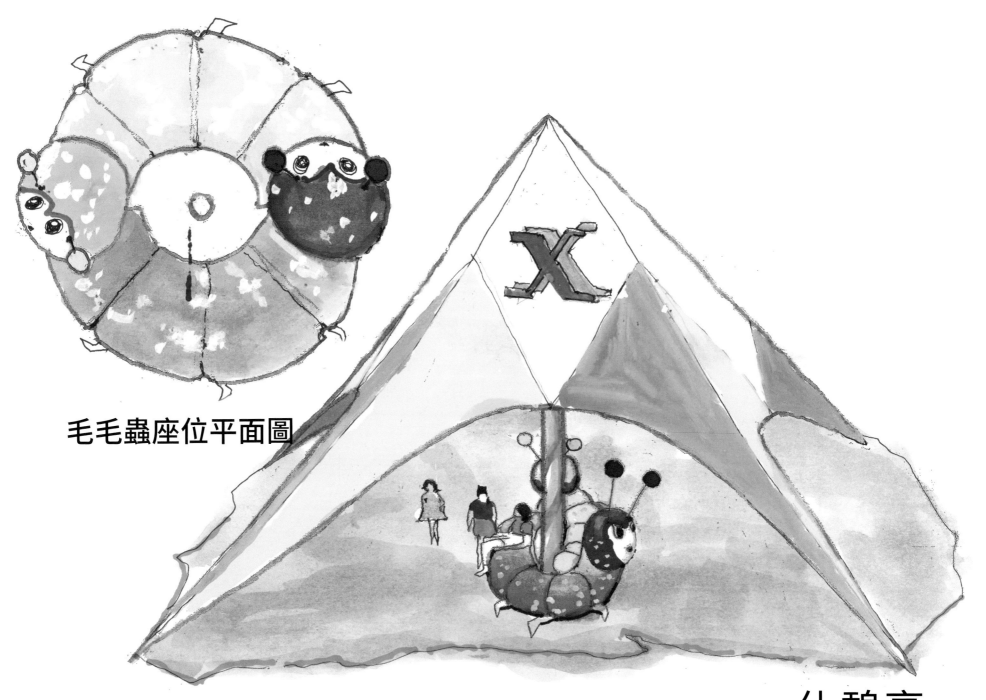

毛毛蟲座位平面圖

休憩亭之一

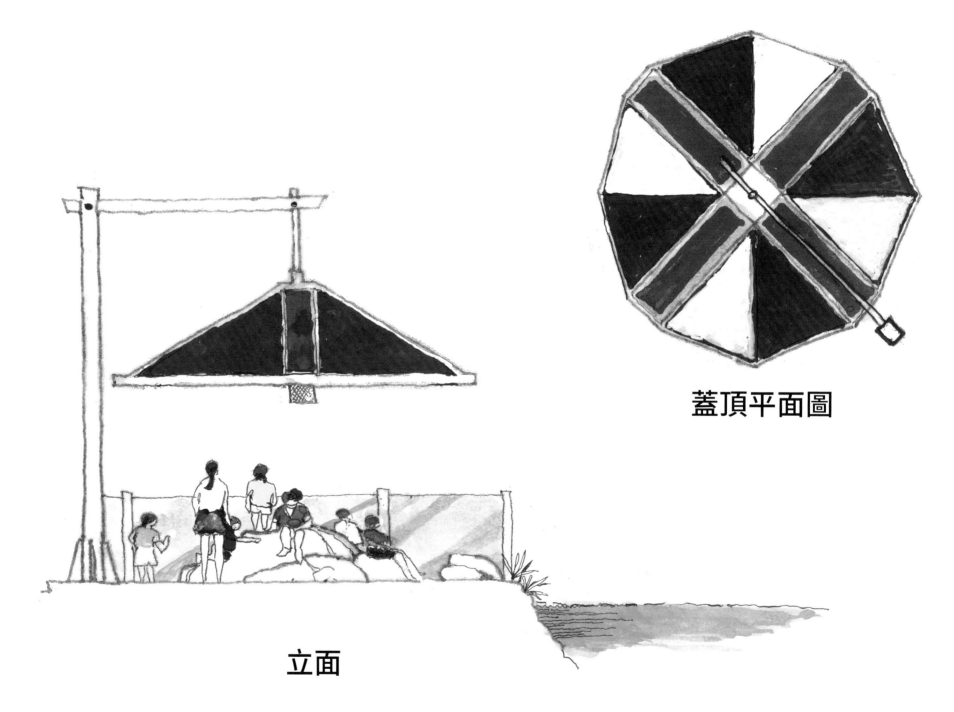

蓋頂平面圖

立面

休憩亭之二

路邊花帶
及座位之一

有時候牠也會打個賊

路邊花帶
及座位之二

湖畔花帶
及休息處

垃圾箱

圖畫篇
旅舍區

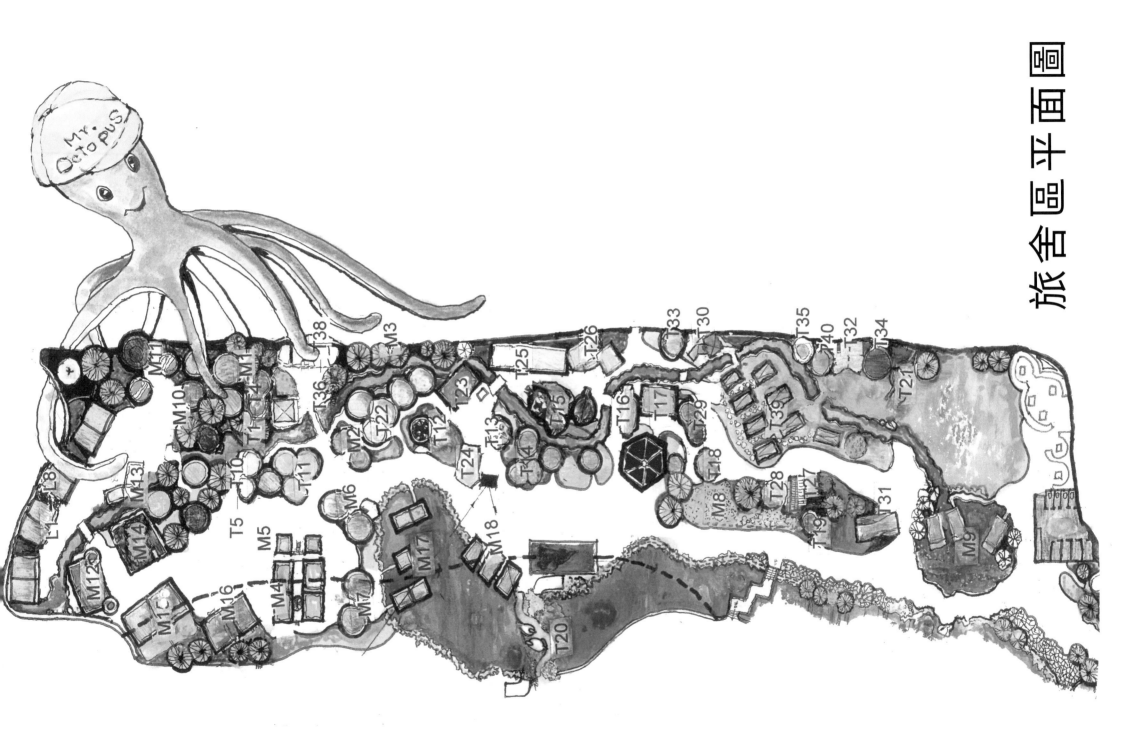

圖註

L1 - L8 別墅 （豪華排屋）
M1 越南竹屋
M2 非洲茅屋
M3 泰國清邁樹屋
M4 加拿大林中木屋
M5 雲南傣族高腳屋
M6 蒙古包
M7 愛斯基摩人冰屋
M8 黃土高原窯洞
M9 芬蘭湖畔小築
M10 阿拉伯泥屋
M11 飛碟及太空艙
M12 歐洲古堡
M13 靜岡丁子屋
M14 北京四合院
M15 蘇州園林屋
M16 荷蘭風車屋
M17 船屋
M18 水底屋
T1 - T4 水果屋
T5 - T10 瓜菜屋
T11 蘑菇屋
T12 甲蟲屋
T13 河豚屋
T14 水母屋
T15 金魚屋
T16 狗狗屋
T17 貓咪屋
T18 兔兔屋
T19 大鳥屋

T20 天鵝屋
T21 恐龍屋
T22 泡泡屋
T23 倒立屋
T24 光碟屋
T25 海浪屋
T26 幾何屋
T27 石頭屋
T28 酒桶屋
T29 靴子屋
T30 貨櫃屋
T31 妞妞屋
T32 土坡屋
T33 足球屋
T34 魔幻屋
T35 水管屋
T36 - T38 峭壁屋
T39 汽車屋
T40 娃娃屋

L1 別墅 (豪華排屋)

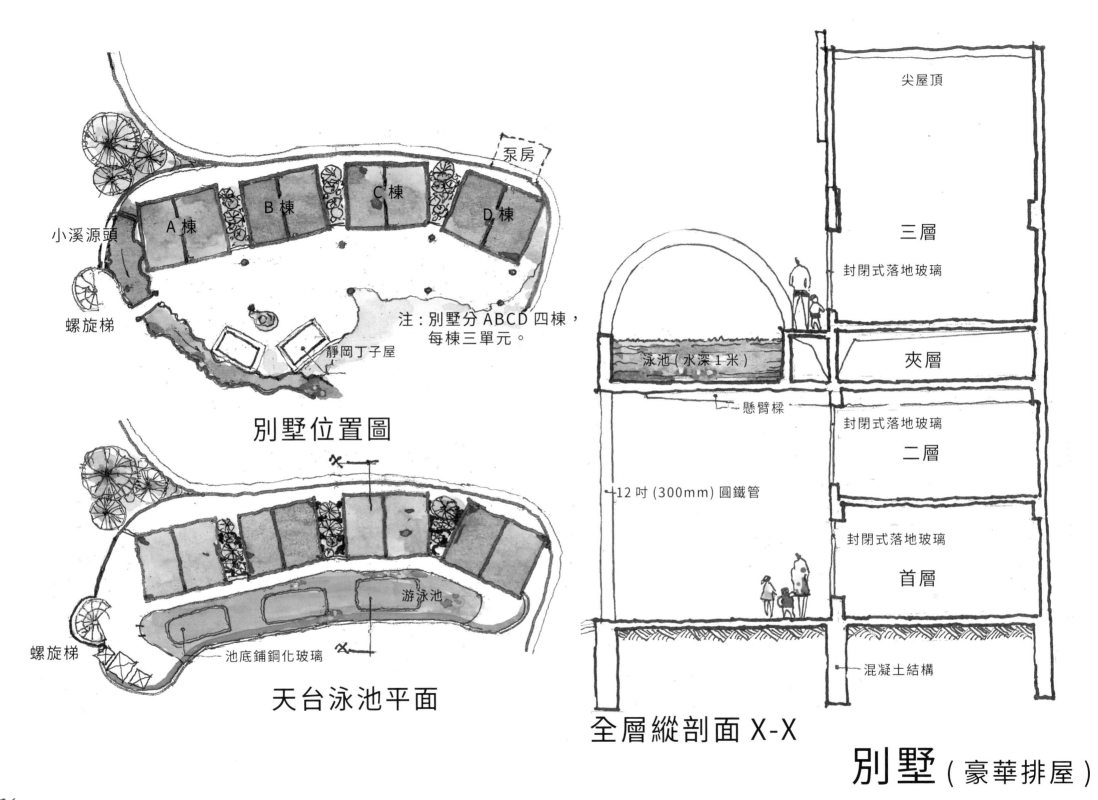

泵房

C 棟

B 棟

D 棟

A 棟

小溪源頭

螺旋梯

注：別墅分 ABCD 四棟，
每棟三單元。

靜岡丁子屋

別墅位置圖

螺旋梯

游泳池

池底鋪鋼化玻璃

天台泳池平面

尖屋頂

三層

封閉式落地玻璃

泳池（水深 1 米）

夾層

懸臂樑

封閉式落地玻璃

二層

12 吋 (300mm) 圓鐵管

封閉式落地玻璃

首層

混凝土結構

全層縱剖面 X-X

別墅(豪華排屋)

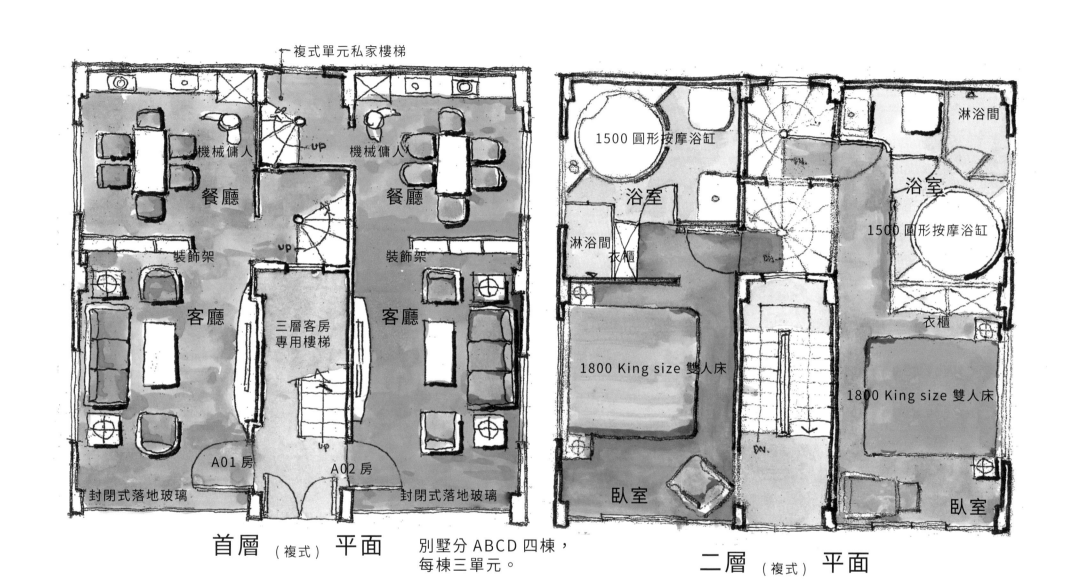

複式單元私家樓梯

機械傭人

機械傭人

餐廳

餐廳

裝飾架

裝飾架

客廳

三層客房專用樓梯

客廳

UP

UP

UP

A01 房

A02 房

封閉式落地玻璃

封閉式落地玻璃

首層 (複式) **平面**

別墅分 ABCD 四棟，每棟三單元。

1500 圓形按摩浴缸

淋浴間

浴室

淋浴間

衣櫃

1500 圓形按摩浴缸

浴室

衣櫃

1800 King size 雙人床

1800 King size 雙人床

DN.

臥室

臥室

二層 (複式) **平面**

別墅 (豪華排屋)

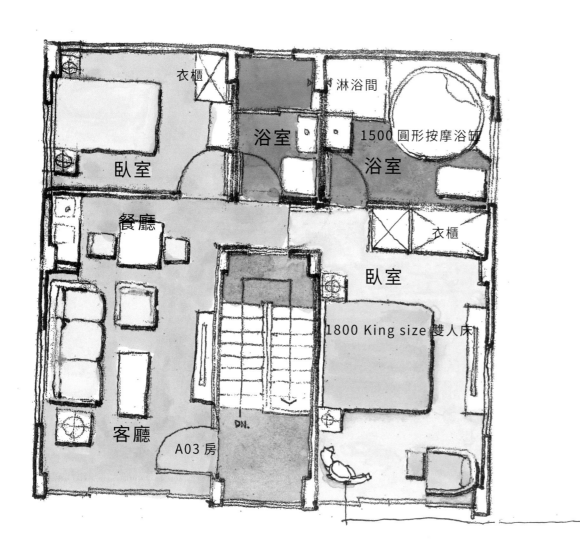

衣櫃

淋浴間

浴室

1500 圓形按摩浴缸

浴室

臥室

衣櫃

餐廳

臥室

1800 King size 雙人床

客廳

A03 房

DN.

二層平面 (兩單元打通式)

這是李思明的作品 (已經註冊專利)

A1 機械傭人

說明：(1) 每户配置一名，全部 12 個；
　　　(2) 機械傭人費用包括在客房租金內；
　　　(3) 中性造型，以衣服和髮式區分男女；
　　　(4) 用輪子移動，不會上樓梯；
　　　(5) 會做簡單家務，比如，沖咖啡，
　　　　　煎雞蛋，洗杯碟，吸塵等；
　　　(6) 給小朋友講故事。

別墅 (豪華排屋)

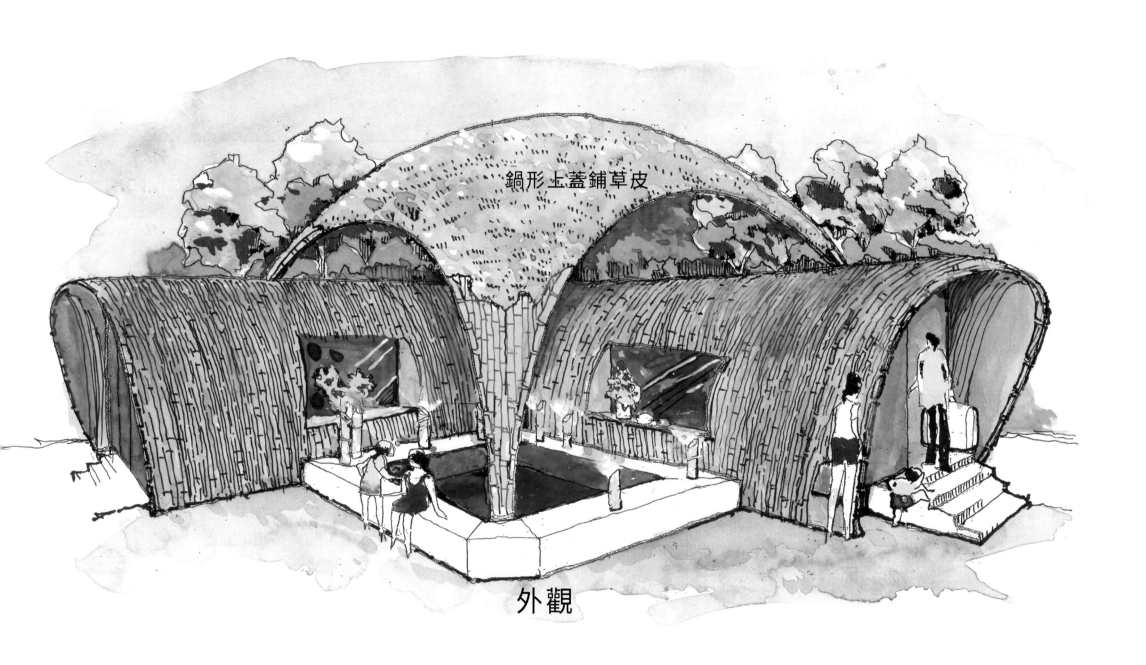

鍋形上蓋鋪草皮

外觀

M1 越南竹屋

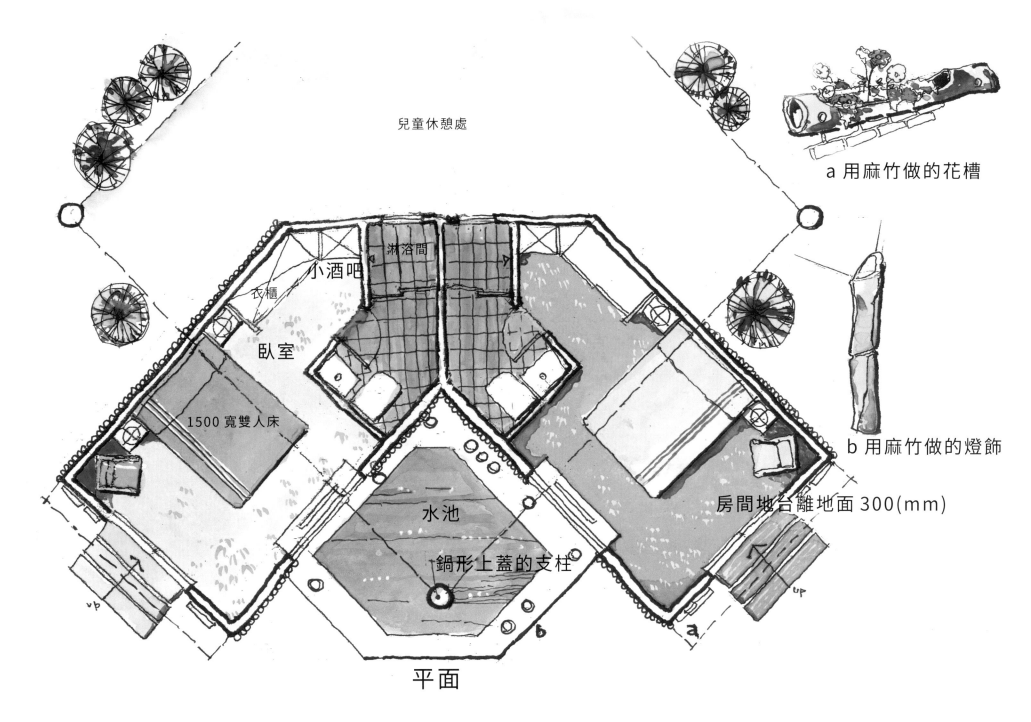

兒童休憩處

a 用麻竹做的花槽

b 用麻竹做的燈飾

小酒吧

淋浴間

衣櫃

臥室

1500 寬雙人床

房間地台離地面 300(mm)

水池

鍋形上蓋的支柱

平面

越南竹屋

M2 非洲茅屋

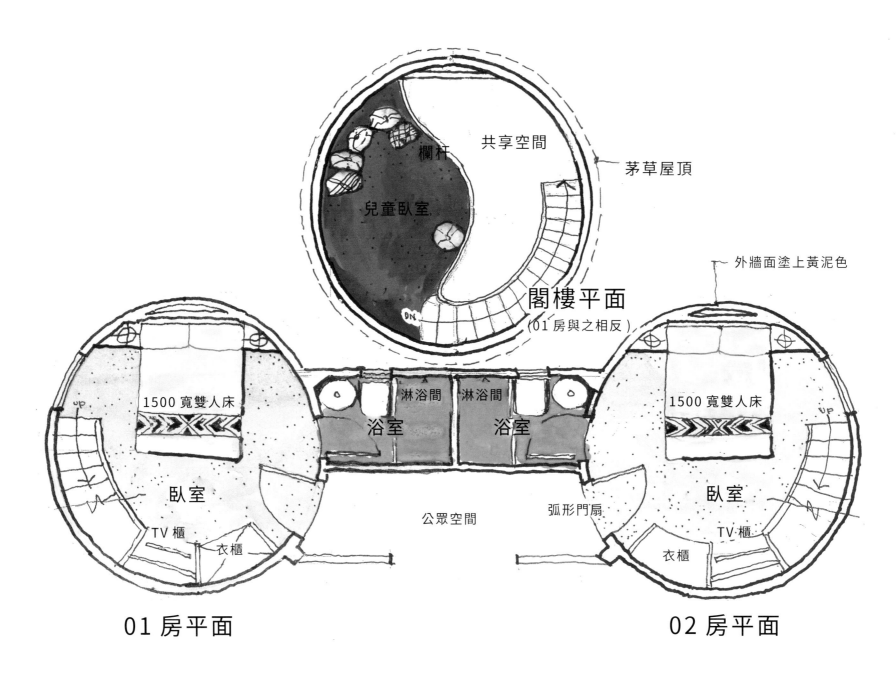

共享空間

欄杆

兒童臥室

茅草屋頂

閣樓平面
(01房與之相反)

外牆面塗上黃泥色

1500 寬雙人床

淋浴間 淋浴間

1500 寬雙人床

浴室 浴室

臥室

臥室

TV櫃

弧形門扇

公眾空間

TV櫃

衣櫃

衣櫃

01 房平面

02 房平面

非洲茅屋

泰國的國花一金鏈花

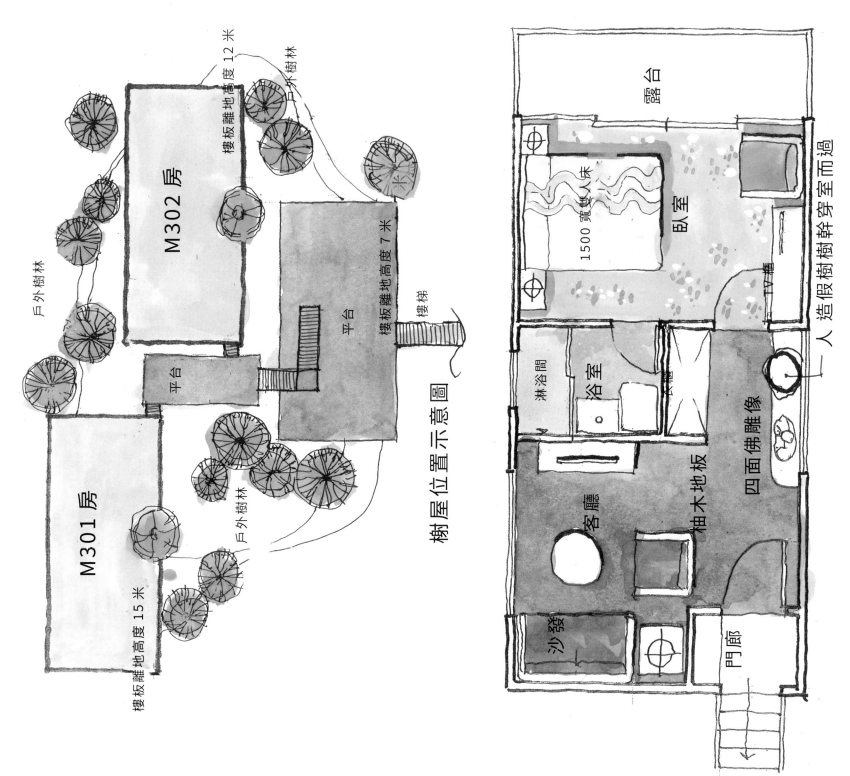

泰國清邁樹屋

樹屋位置示意圖

戶外樹林
樓板離地高度 12 米
戶外樹林

M302 房

戶外樹林

平台
樓板離地高度 7 米
樓梯

平台

樓梯

M301 房
樓板離地高度 15 米
戶外樹林

M302 平面 (M301 佈局與之相反)

露台

1500 寬雙人床

臥室

TV 櫃

淋浴間

浴室

衣櫃

客廳

柚木地板

四面佛雕像

人造假樹樹幹穿室而過

沙發

門廊

114

M4 加國林間木屋

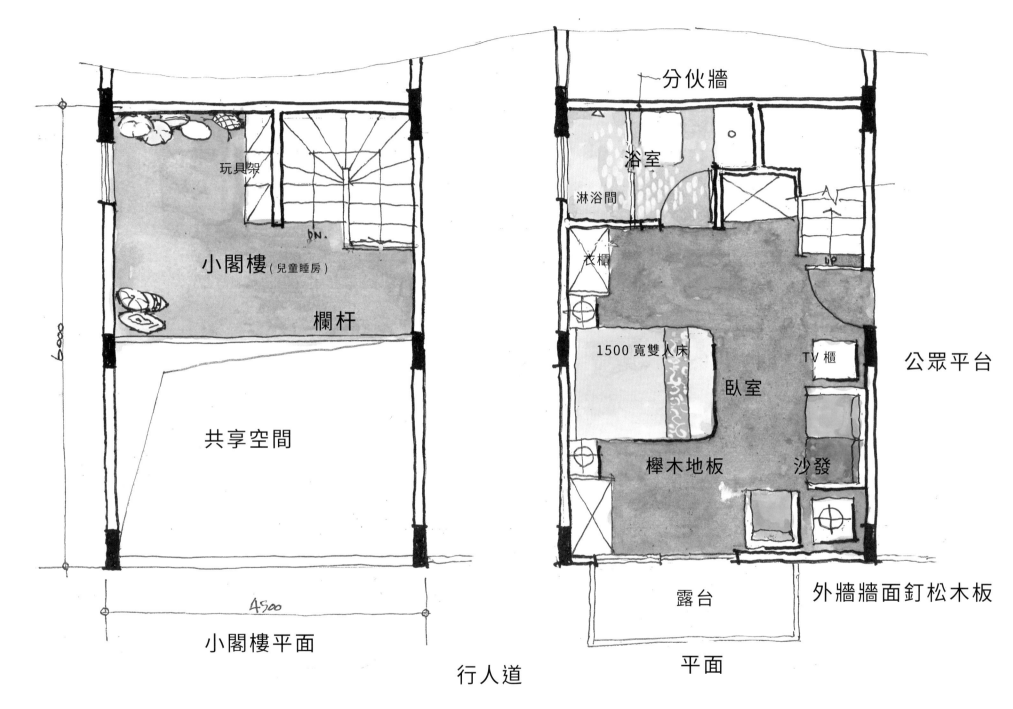

玩具架

小閣樓（兒童睡房）

欄杆

共享空間

6000

4500

小閣樓平面

行人道

分伙牆

浴室

淋浴間

衣櫃

1500 寬雙人床

臥室

TV 櫃

沙發

櫸木地板

公眾平台

露台

外牆牆面釘松木板

平面

加國林間木屋

M5 雲南傣族高腳屋

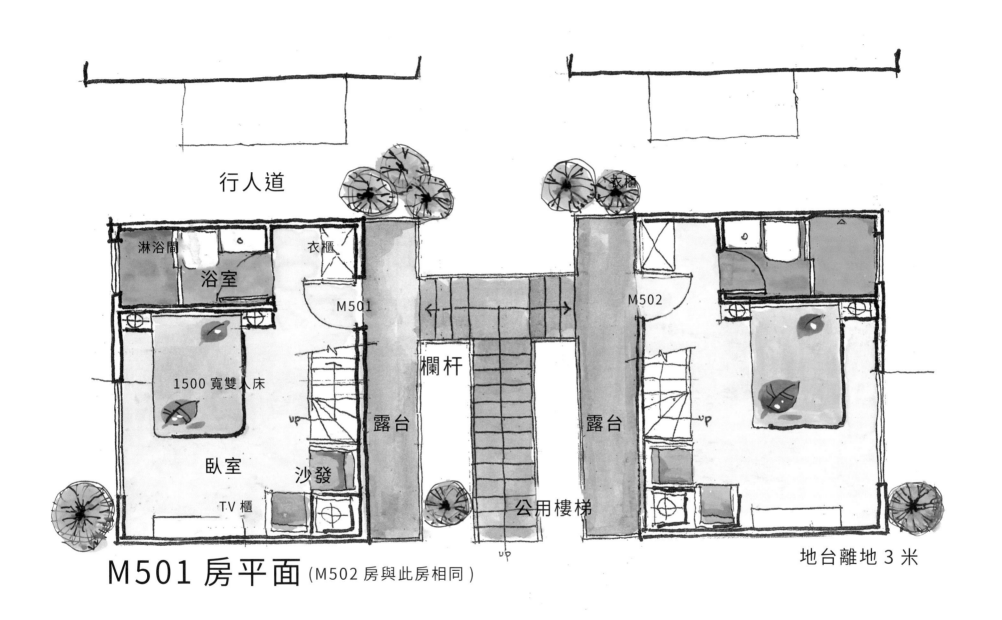

行人道

淋浴間

衣櫃

浴室

M501

1500 寬雙人床

欄杆

露台

臥室

沙發

TV櫃

公用樓梯

衣櫃

M502

露台

地台離地 3 米

M501 房平面 (M502 房與此房相同)

雲南傣族高腳屋

M6 蒙古包

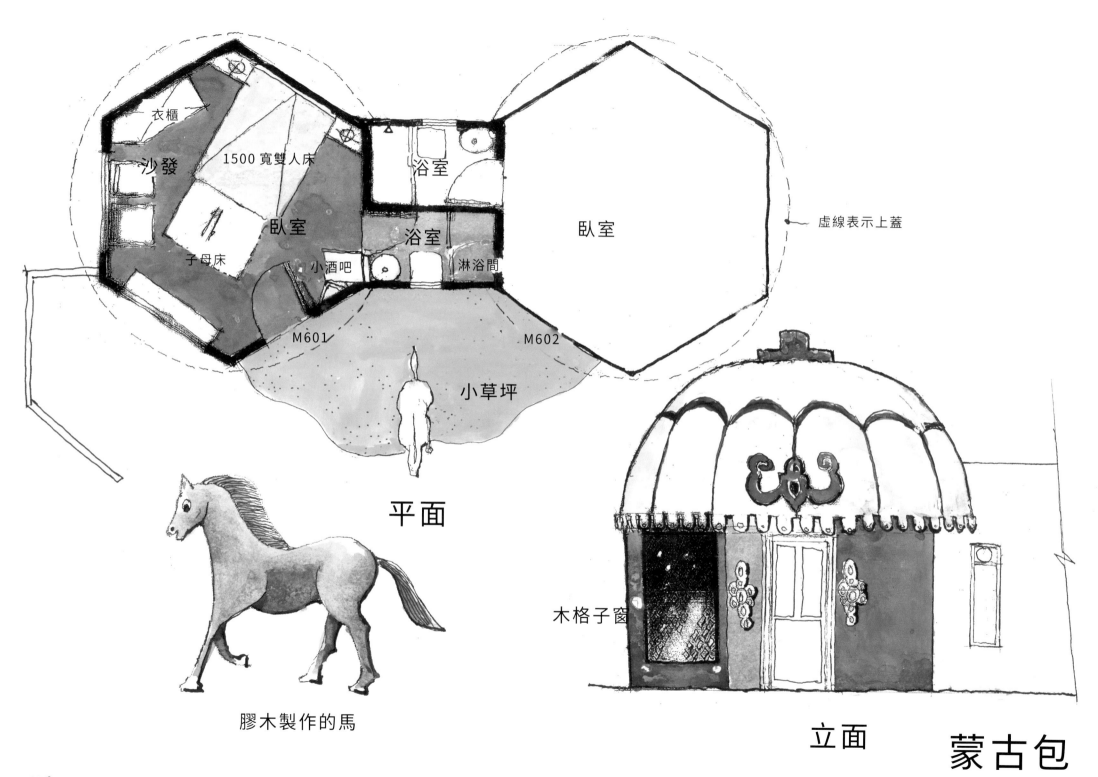

衣櫃

沙發

1500 寬雙人床

浴室

臥室

臥室

虛線表示上蓋

子母床

小酒吧

浴室

淋浴間

M601

M602

小草坪

平面

膠木製作的馬

木格子窗

立面

蒙古包

M7 愛斯基摩人冰屋

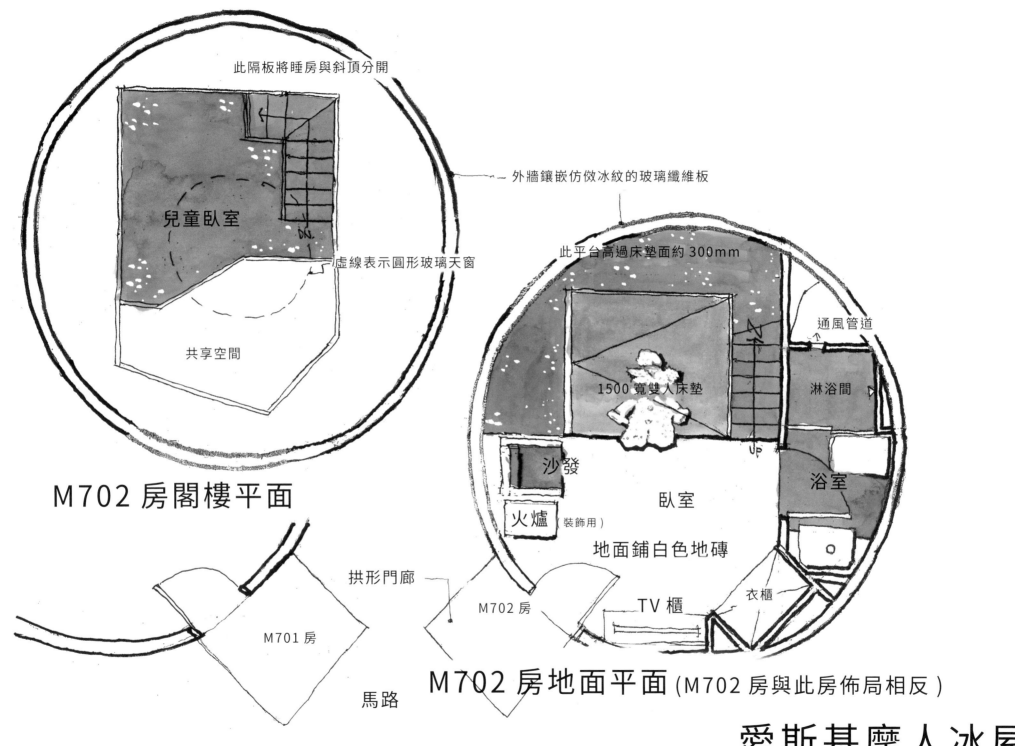

此隔板將睡房與斜頂分開

兒童臥室

外牆鑲嵌仿傚冰紋的玻璃纖維板

共享空間

虛線表示圓形玻璃天窗

此平台高過床墊面約 300mm

通風管道

1500 寬雙人床墊

淋浴間

M702 房閣樓平面

沙發

浴室

火爐 (裝飾用)

臥室

地面鋪白色地磚

UP

拱形門廊

衣櫃

M702 房

TV 櫃

M701 房

M702 房地面平面 (M702 房與此房佈局相反)

馬路

愛斯基摩人冰屋

122

實木門框

聲控玻璃自動門

固定玻璃隔板

地台提高 150mm

外觀

M8 黃土高原窰洞

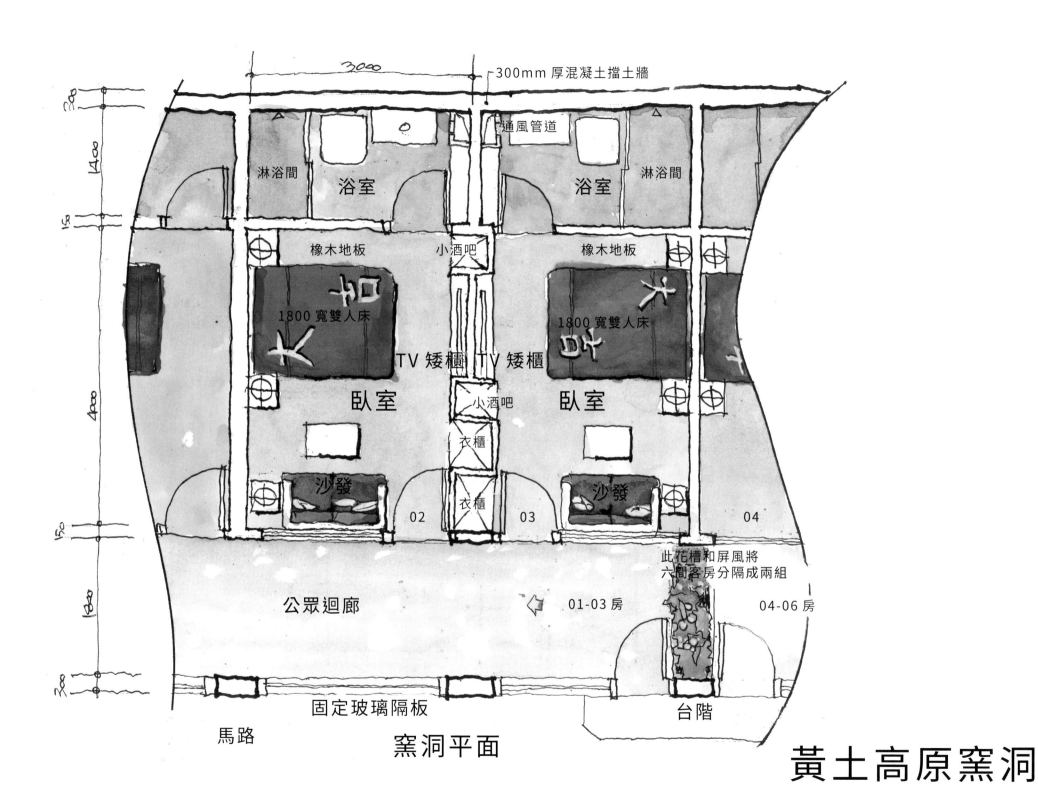

3000

300mm 厚混凝土擋土牆

300

1400

通風管道

淋浴間　浴室　　　浴室　淋浴間

150

橡木地板　　小酒吧　　橡木地板

1800 寬雙人床　　TV 矮櫃 TV 矮櫃　1800 寬雙人床

400

臥室　　小酒吧　　臥室

衣櫃

沙發　衣櫃　沙發

150

02　　　03　　　　　04

此花槽和屏風將
六間客房分隔成兩組

180

公眾迴廊　　　　01-03 房　　　　04-06 房

300

固定玻璃隔板

馬路　　　　　　　　　　　　　台階

窯洞平面

黃土高原窯洞

M9 芬蘭湖畔小築

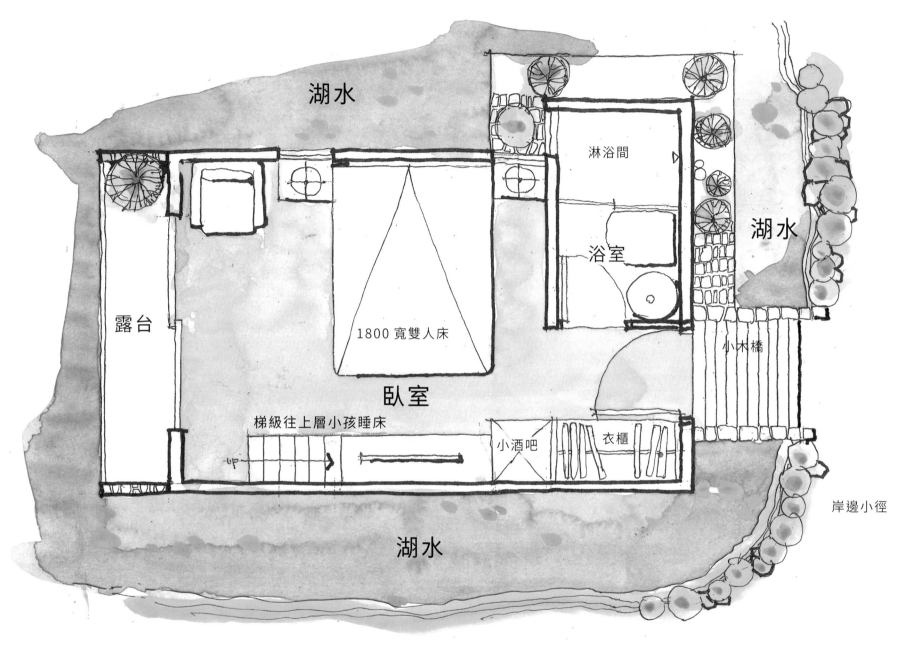

湖水

湖水

淋浴間

浴室

露台

1800 寬雙人床

臥室

梯級往上層小孩睡床

小酒吧

衣櫃

小木橋

岸邊小徑

湖水

平面

芬蘭湖畔小築

M10 阿拉伯泥屋

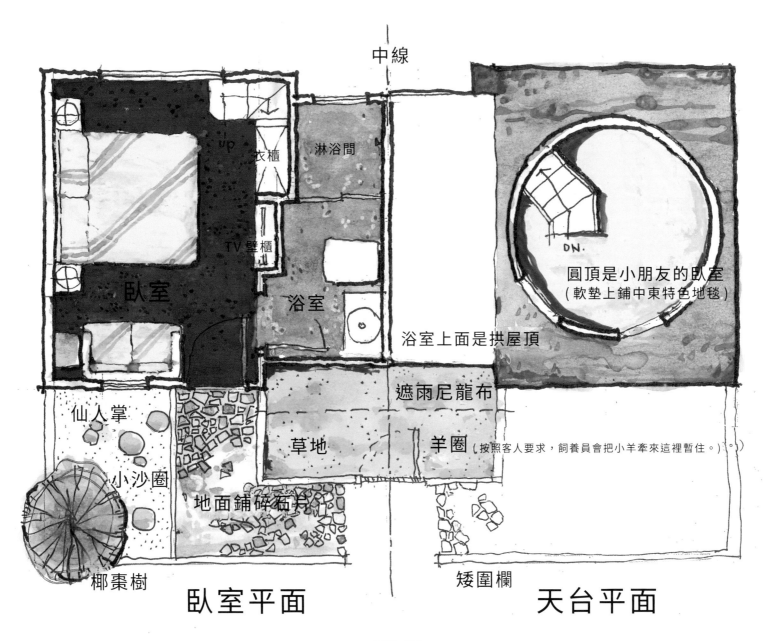

中線

臥室

up

衣櫃

淋浴間

TV壁櫃

浴室

圓頂是小朋友的臥室
（軟墊上鋪中東特色地毯）

DN.

浴室上面是拱屋頂

仙人掌

遮雨尼龍布

草地

羊圈（按照客人要求，飼養員會把小羊牽來這裡暫住。）

小沙圈

地面鋪碎石片

椰棗樹

矮圍欄

臥室平面

天台平面

馬路

阿拉伯泥屋

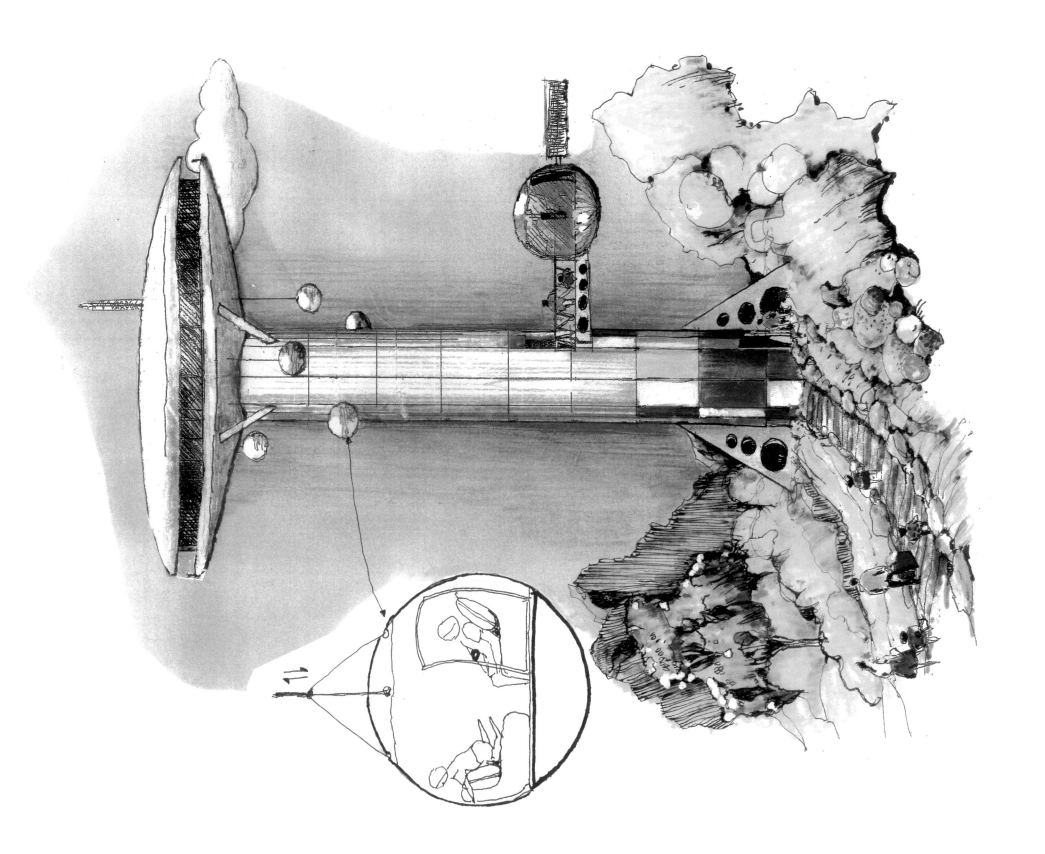

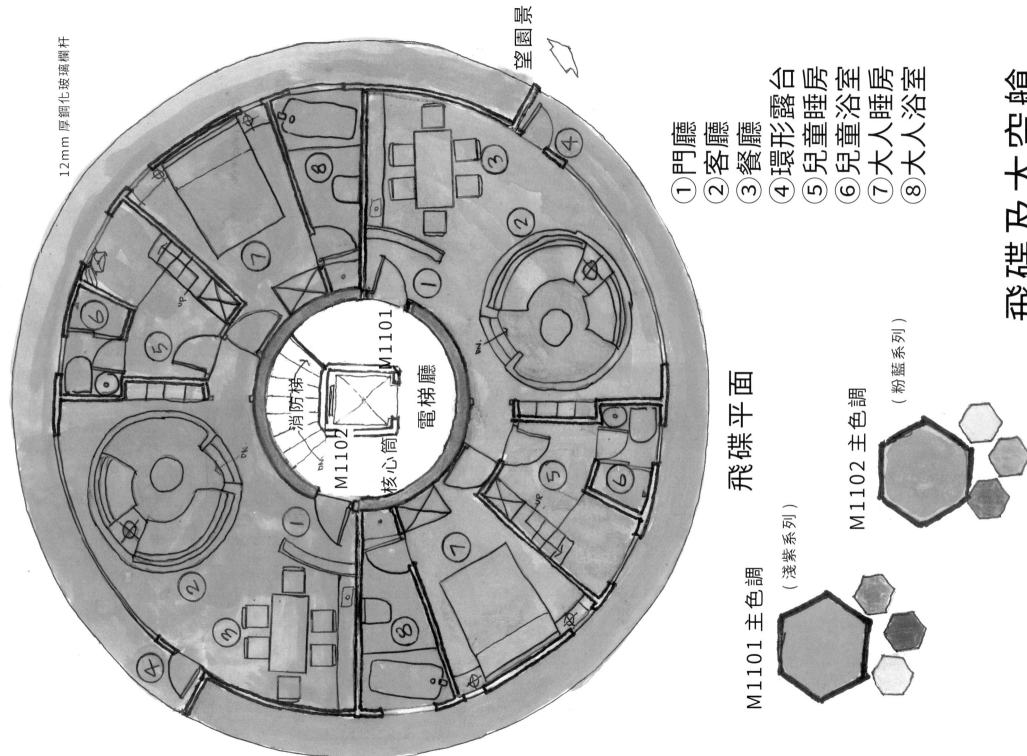

12mm 厚鋼化玻璃欄杆

望園景

飛碟及太空艙

① 門廳
② 客廳
③ 餐廳
④ 環形露台
⑤ 兒童睡房
⑥ 兒童浴室
⑦ 大人睡房
⑧ 大人浴室

飛碟平面

M1102 M1101

消防梯
核心筒

電梯廳

M1101 主色調
（淺紫系列）

M1102 主色調
（粉藍系列）

飛碟及太空艙

* 外星人 E.T. = The Extra-Termstria I

下沉式圓形沙發群組

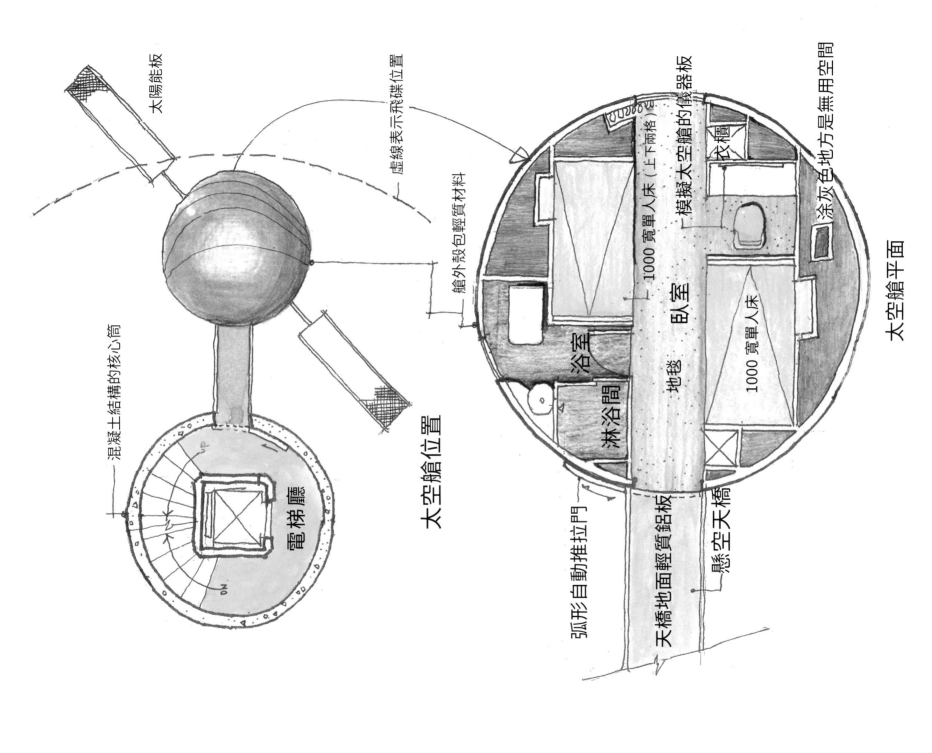

飛碟及太空艙

太陽能板

混凝土結構的核心筒

電梯廳

太空艙位置

虛線表示飛碟位置

艙外殼包輕質材料

1000寬單人床（上下兩格）

模擬太空艙的儀器板

衣櫃

涂灰色地方是無用空間

浴室

淋浴間

地毯

臥室

1000寬單人床

太空艙平面

弧形自動推拉門

天橋地面輕質鋁板

懸空天橋

太空艙共有四個 其內部設計相同

正面

這是白馬王子和公主的故事。

M12 歐洲古堡

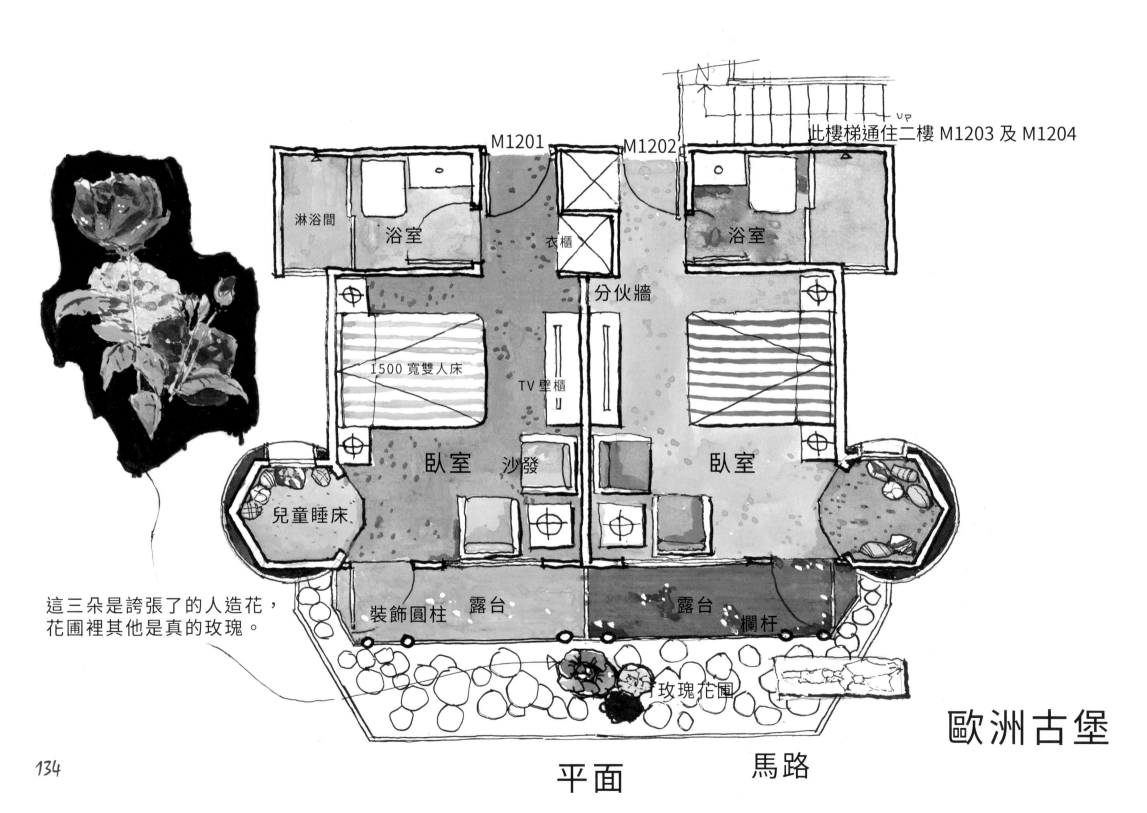

此樓梯通往二樓 M1203 及 M1204

M1201

M1202

淋浴間

浴室

衣櫃

浴室

分伙牆

1500 寬雙人床

TV 壁櫃

臥室

沙發

臥室

兒童睡床

這三朵是誇張了的人造花，
花圍裡其他是真的玫瑰。

裝飾圓柱

露台

露台

欄杆

玫瑰花圍

歐洲古堡

平面

馬路

M13 靜岡丁子屋

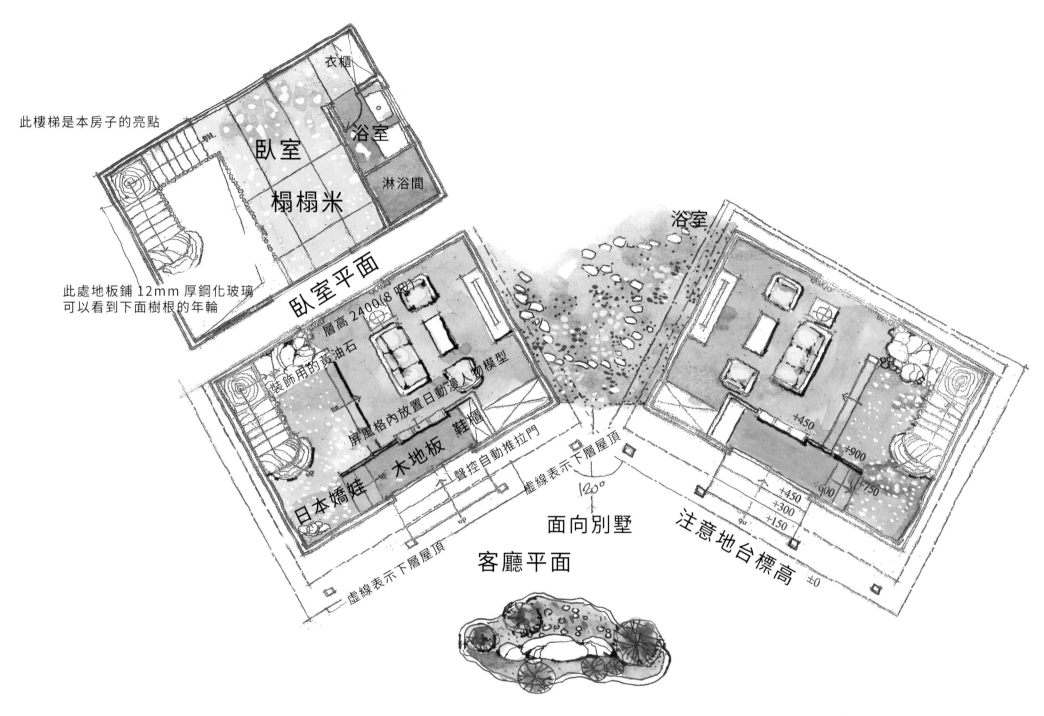

此樓梯是本房子的亮點

衣櫃

臥室

榻榻米

浴室

淋浴間

臥室平面

此處地板鋪 12mm 厚鋼化玻璃
可以看到下面樹根的年輪

層高 2400(8 呎)

裝飾用的黃油石

屏風格內放置日動漫人物模型

鞋櫃

日本嬌娃　木地板

聲控自動推拉門

虛線表示下層屋頂

虛線表示下層屋頂

面向別墅

客廳平面

浴室

+450

+900

+450
+300
+150

+750

注意地台標高　±0

靜岡丁子屋

M14 北京四合院

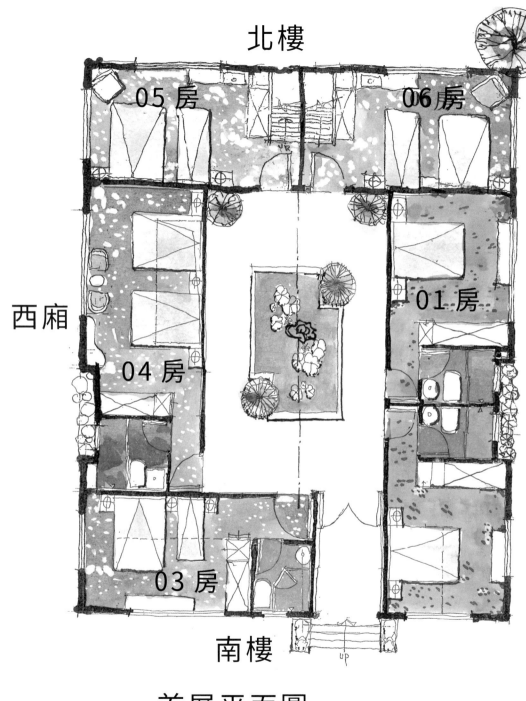

北樓

05 房   06 房

西廂   東廂

01 房

04 房

03 房

南樓

UP

首層平面圖

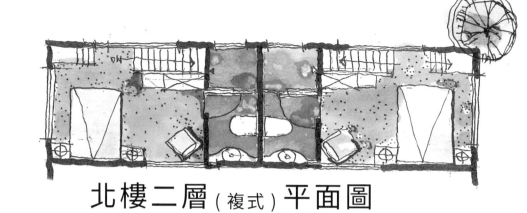

北樓二層 (複式) 平面圖

中庭園藝

北京四合院

綠瓦紅牆鉤氣派
山川湖泊自然來
縮龍成寸詩中畫
蘇州園林顯天才

綠色琉璃瓦

紅色明口磚

M15 蘇州園林屋

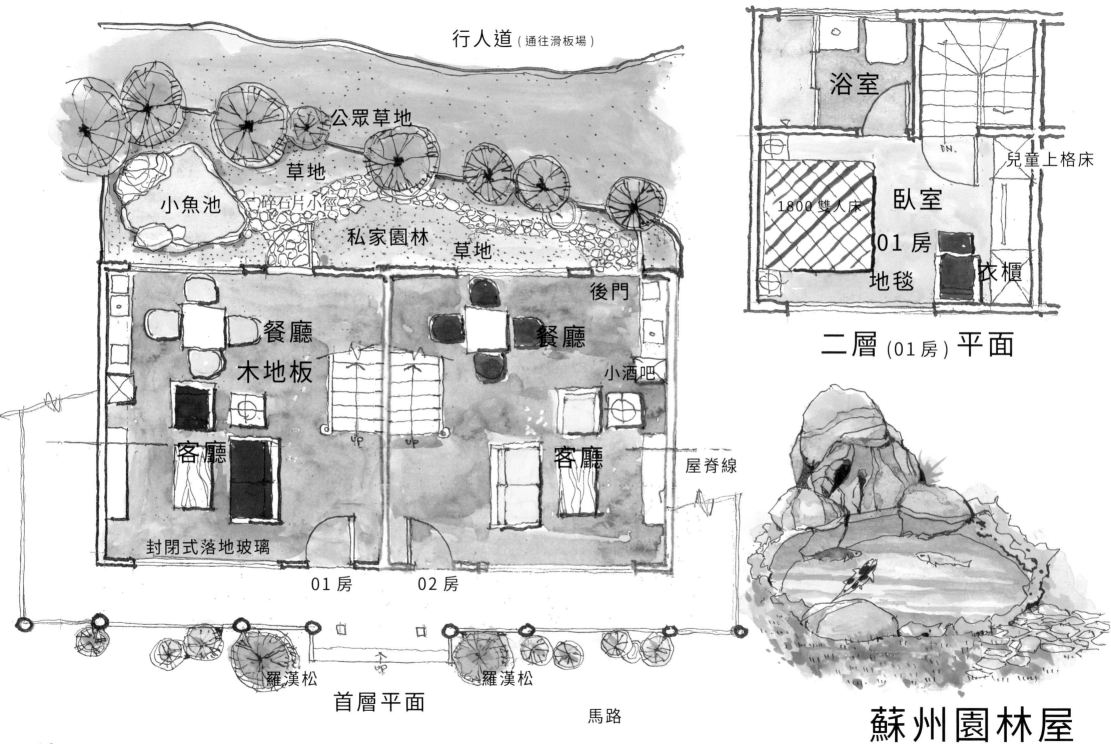

行人道（通往滑板場）

公眾草地

草地

小魚池

碎石片小窖

私家園林

草地

後門

餐廳

餐廳

木地板

小酒吧

客廳

客廳

屋脊線

封閉式落地玻璃

01 房　　02 房

羅漢松　　羅漢松

首層平面

馬路

浴室

兒童上格床

1800 雙人床　臥室

01 房

地毯　衣櫃

二層 (01房) 平面

蘇州園林屋

Miffy

M16 荷蘭風車屋

浴室上面是兒童臥室

淋浴間

TV 櫃

臥室

1500 寬雙人床

衣櫃

浴室

TV 櫃

臥室

1500 寬雙人床

衣櫃

餐廳

客廳

櫸木地板

浴室

淋浴間

櫸木地板

食物加工廚

花槽

食物加工廚

馬路

平面

荷蘭風車屋

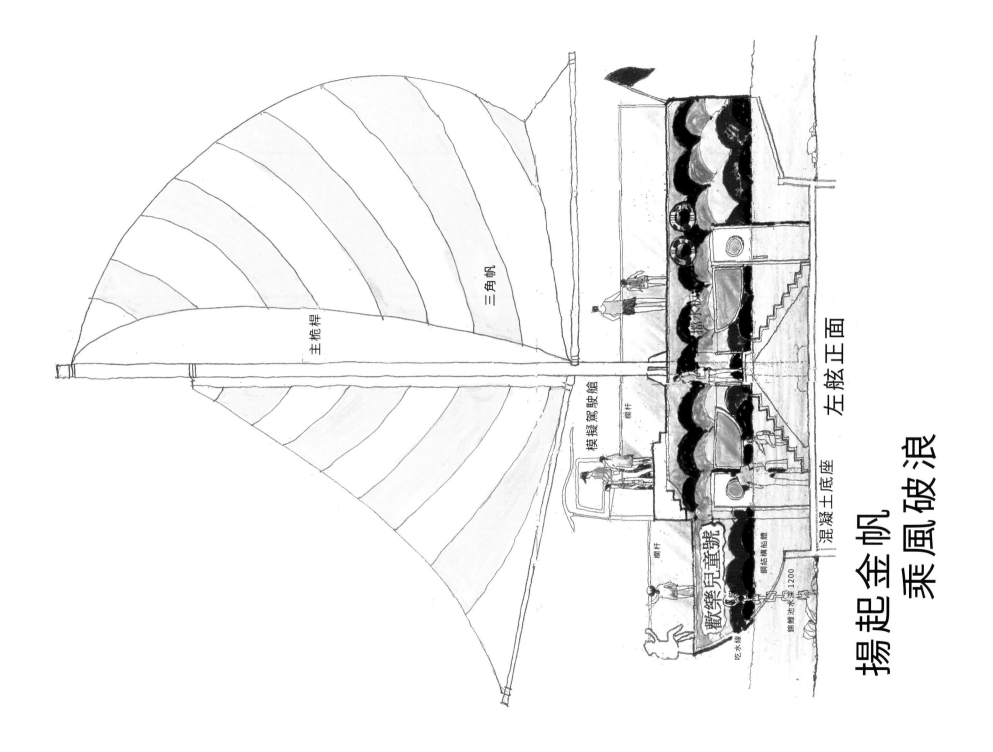

三角帆

主桅桿

模擬駕駛艙

滑水道

欄杆

左舷正面

混凝土底座

揚起金帆
乘風破浪

歡樂兒童號

鋼結構船體

鋼鰭池水深 1200

欄杆

吃水線

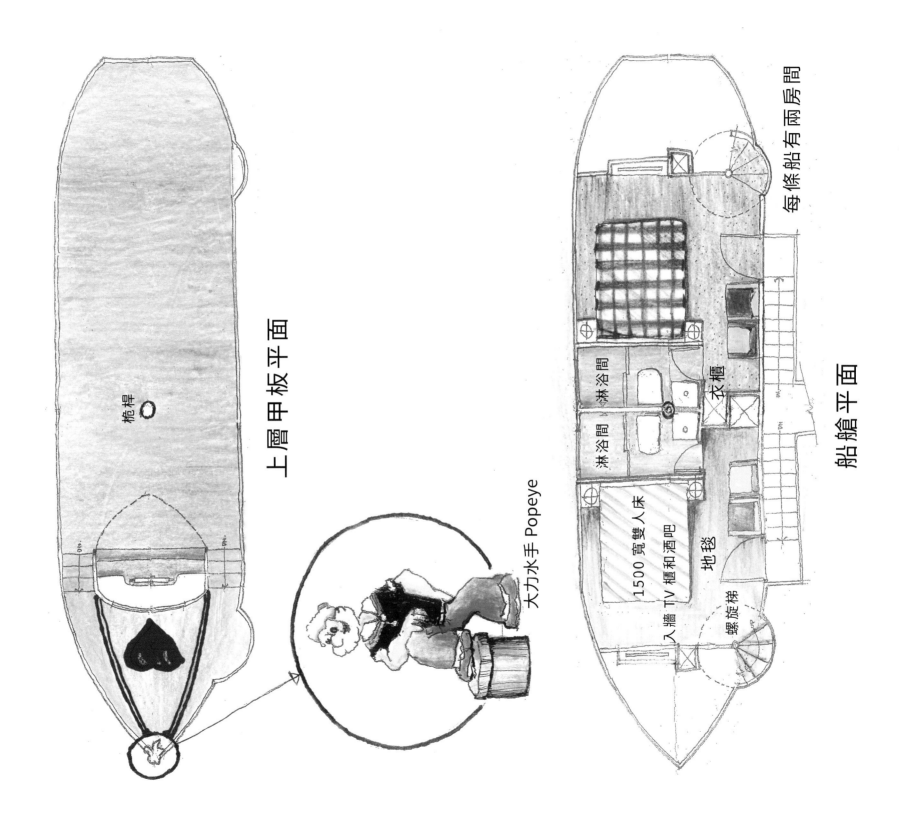

船 屋

上層甲板平面

桅桿

船艙平面

每條船有兩房間

淋浴間

淋浴間

衣櫃

1500 寬雙人床

入牆 TV 櫃和酒吧

地毯

螺旋梯

大力水手 Popeye

M18 水底屋

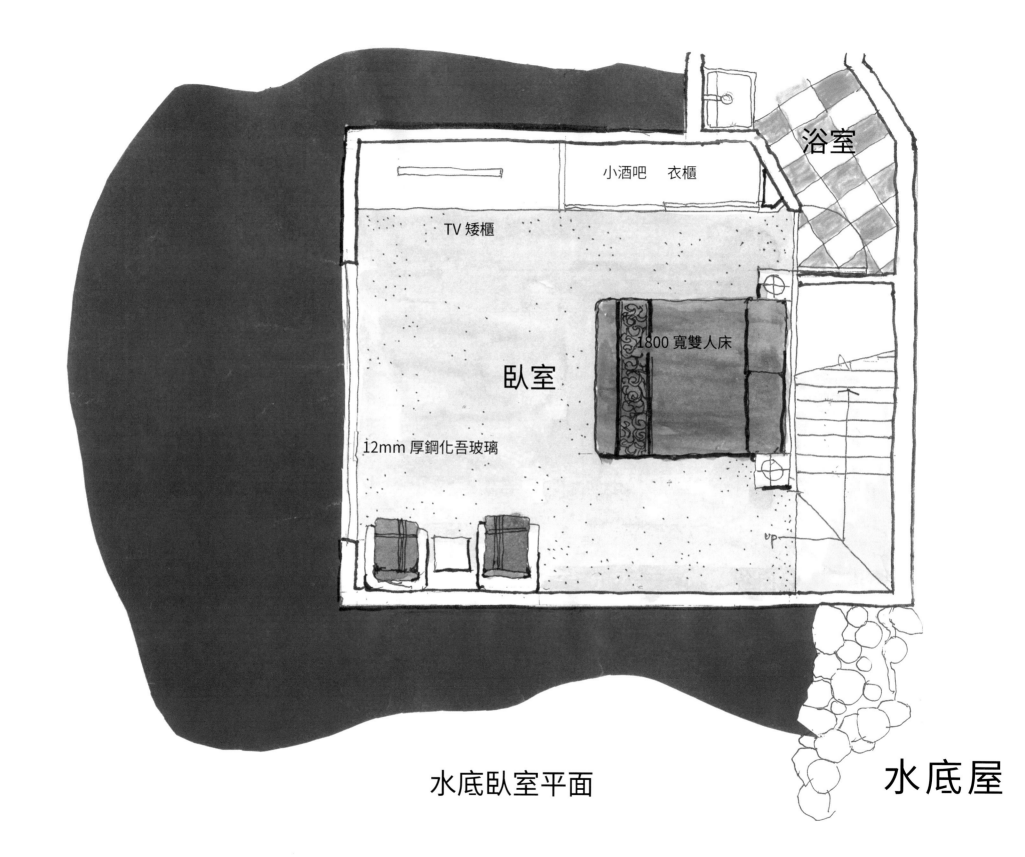

浴室

小酒吧　衣櫃

TV 矮櫃

臥室

1800 寬雙人床

12mm 厚鋼化吾玻璃

水底臥室平面

水底屋

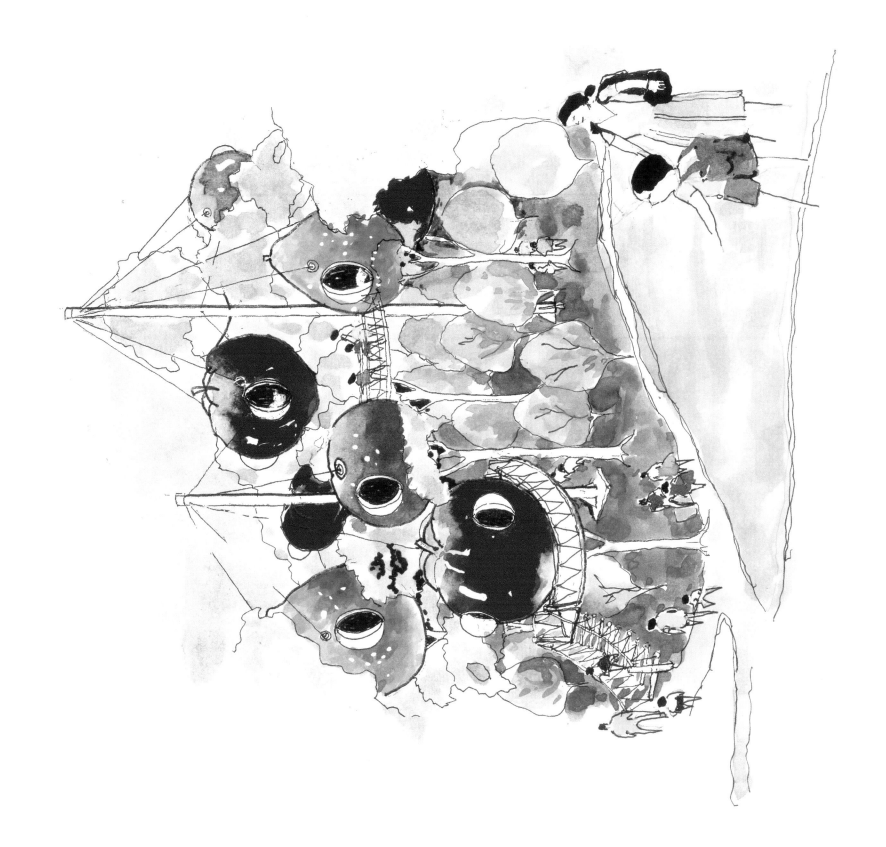

T1 蘋果屋 T2 柚子屋
T3 柿子屋 T4 橘子屋

T5 茄子屋 T6 南瓜屋 T7 西瓜屋
T8 菠蘿屋 T9 番茄屋 T10 草莓屋

T11 蘑菇屋

T12 甲蟲屋

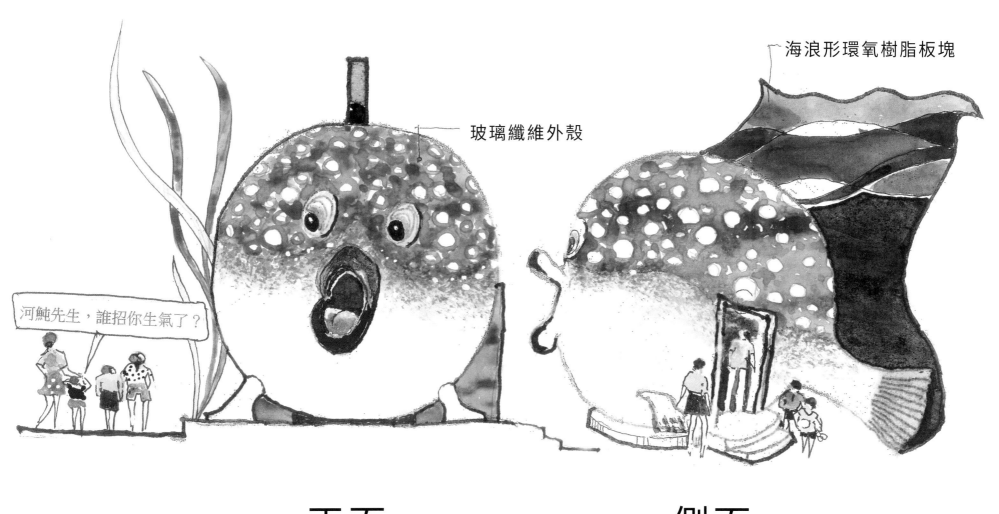

海浪形環氧樹脂板塊

玻璃纖維外殼

河魨先生，誰招你生氣了？

正面　　　　　　側面

T13 河魨屋

（俗稱雞泡魚）

T15 金魚屋

T16 狗狗屋

T17 貓咪屋

T18 兔兔屋

T21 恐龍屋

T19 大鳥屋

T20 天鵝屋

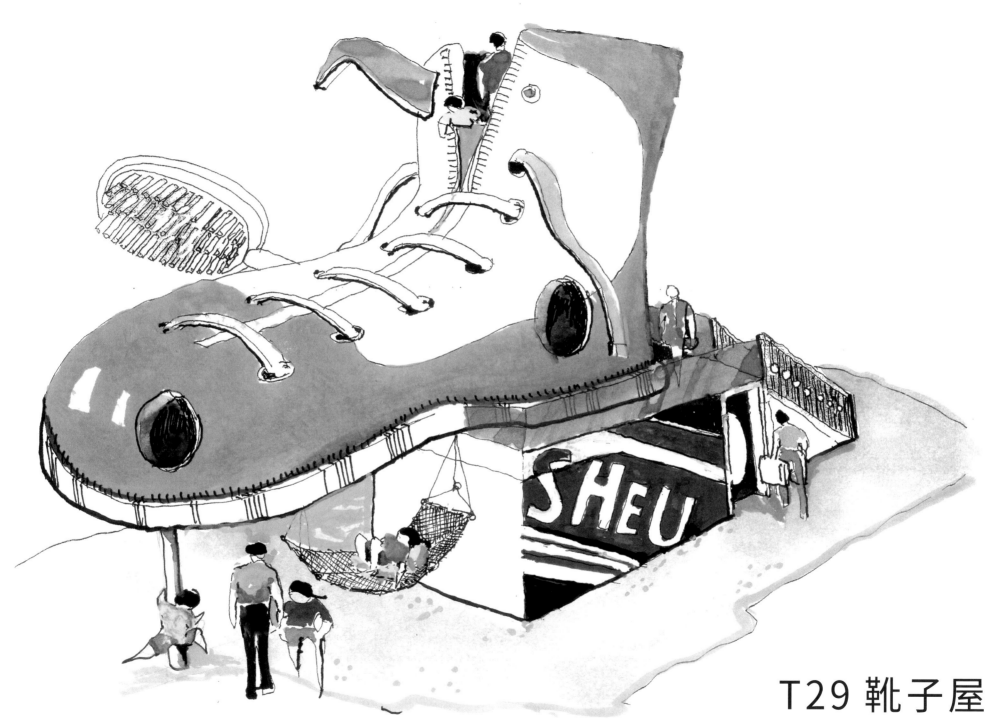

T29 靴子屋

T28 酒桶屋

世界各大景區

1、中國萬里長城
2、埃及金字塔
3、美國科羅拉多峽谷
4、中國張家界
5、印度泰姬陵
6、澳洲平頂山
7、越南下龍灣
8、非洲大草原
9、巴西基督山
10、巴黎鐵塔
11、美國黃山公園
12、日本富士山
13、台灣日月潭
14、俄羅斯克里姆林宮
15、意大利比薩斜塔
16、中國四川九寨溝

T39 汽車屋

T40 娃娃屋
（俄羅斯套娃）

T34 魔幻屋

T35 水管屋

每滴都是寶貝 千萬不要浪費

T36 峭壁屋
T37 峭壁屋
T38 蜂巢屋

峭壁內人造溶洞

讀者們，讓你們想象力的天馬，在這裡飛翔！
你喜歡畫上什麼就畫上什麼。

NOVEL 142
書名：兒童樂園夢幻曲

撰文／設計／繪圖：練星
編　　　　　輯：Margaret Miao
相 片 後 期 處 理：阿貓

出版：紅出版（青森文化）
　　　地址：香港灣仔道 133 號卓淩中心 11 樓
　　　出版計劃查詢電話：(852) 2540 7517
　　　電郵：editor@red-publish.com
　　　網址：http://www.red-publish.com

香港總經銷：聯合新零售 (香港) 有限公司

台灣總經銷：貿騰發賣股份有限公司
　　　　　　新北市中和區立德街 136 號 6 樓
　　　　　　(886) 2-8227-5988
　　　　　　http://www.namode.com

出版日期：2024 年 7 月
圖書分類：青少年讀物
國際書號：978-988-8868-61-2
定　　　價：港幣 120 元正／新台幣 480 元正